エリート外交官の狡猾な求婚

～仮面夫婦のはずが、予想外の激情で堕とされました～

marmaladebunko

伊月ジュイ

marmalade bunko
マーマレード文庫

目次

エリート外交官の狡猾な求婚
～仮面夫婦のはずが、予想外の激情で堕とされました～

プロローグ・・・・・・・・・・・・・・・・・・6
第一章　結婚するつもりはありません・・・・・8
第二章　俺に人生預けてみろ・・・・・・・・・35
第三章　夫婦の練習・・・・・・・・・・・・・64
第四章　熱情を隠して・・・・・・・・・・・・106
第五章　夫は妻とイチャイチャしたい・・・・・129
第六章　愛妻は今日も気づかない・・・・・・・157
第七章　縮まる距離と離れる心・・・・・・・・173

第八章　恋愛結婚にしませんか？・・・・・・・・・210
第九章　彼を選んだ理由・・・・・・・・・・・・248
第十章　とびきり愛し合う夫婦に・・・・・・・・286
エピローグ・・・・・・・・・・・・・・・・・・313
あとがき・・・・・・・・・・・・・・・・・・・318

エリート外交官の狡猾な求婚

～仮面夫婦のはずが、予想外の激情で堕とされました～

プロローグ

「ですから！　私、結婚するつもりなんてこれっぽっちもありませんから！」

ダイヤの指輪を突き返し、ひたすら求婚を拒む私。

相手は大学の先輩で、将来有望なキャリア官僚。家柄もよくルックスは完璧。

そして、八年もの間、私に寄り添い支えてくれた大切な人でもある。

普通に考えればプロポーズを断る理由なんてないのだが、生憎私は恋愛も結婚もしないと心に決めている。

「この先、一生恋愛するつもりがないなら俺にしておけ」

「どうしてですか？」

「俺ならお前を幸せにできるからだ」

根拠なんてあるはずがないのに、自信に満ちた眼差しに押し負けそうになる。

女性を選びたい放題のモテ男が、なぜこんなにも私にこだわるのか理解できない。

恋愛ナシの契約結婚――そんなことを提案してくるなんて、彼はどうかしている。

『結婚しよう』と『結婚できない』。

相容れない主張をお互い延々と繰り返し、不毛な時間が過ぎていく。

……どうしてわかってくれないの？

大事だから、大切だから、失いたくないのに。

終わりのない恋愛も、永遠に続く夫婦関係も、あるわけがないのだから。

「俺の妻になれるのは、お前しかいないと思ってる。俺と契約結婚しよう。必ず幸せになれる」

予言めいたプロポーズで私の心を揺さぶってくる。

彼は本気で拒む相手に結婚を強いるほど愚かでも横暴でもない。

それでも、引き下がろうとしなかったのは、私の心の奥底が透けて見えていたからだろう。

彼なら信頼できる。彼となら一緒にいたい。

でもこのときの私は、自分の心の内を真っ直ぐに見つめる勇気も、認める強さも持ち合わせてはいなかった。

第一章　結婚するつもりはありません

「外交官といえばアレだろ。敵国の政治家の美人秘書に近づいて、相手がシャワーを浴びている隙に端末から情報を抜き取って——」

スパイミステリーのお約束を持ち出され、私は思わず笑ってしまった。

たとえこの先、彼が立派な外交官になったとしても、そういう状況はまず訪れないと思う。

「それ、ハニートラップじゃありません？　気づいたら敵国のエージェントに包囲されてるかも」

「セクシーなブロンド美女になら騙されても本望だ」

「単に葉山崎《はやまざき》先輩がハニートラップに引っかかりたいだけじゃないですか」

先輩のジョークに乗っかってくだらない雑談を交わしながら歩いていると、あっという間に地下鉄の入口まで来てしまった。今生の別れかもしれないのに、最後の会話はあまりにもくだらない。

「送ってくださってありがとうございました」

「家まで送るよ」

「いえ、ここで大丈夫です」

階段を降り改札の前まで来ると、先輩はからかう気満々で眉を跳ね上げた。

「もしかして、下心だと思ってる？」

「まさか。私、実家ですし」

親切心だということは重々承知している。先輩は面倒見がいいせいか、ただの友人である私にまでレディーファーストを徹底しようとするのだ。

でも、わざわざ家まで送ってもらうのはさすがに気が引けるので丁重に辞退した。

「それに、先輩。荷造りがあるんじゃないんですか？」

来週にも先輩は日本を発ってしまうのだ。行き先はドイツ。二年間、在ドイツ大使館の外交官補として語学留学するらしい。

彼は未来の外交官。現在、外務省の職員として働き、実務をこなしながら語学研修を受けている。俗にいうキャリア官僚というヤツだ。

外務省に入ると、本人の希望をもとに研修語が割り当てられるそうなのだけれど、彼はドイツ語に決まったようだ。

幼い頃、海外に滞在していた経験があり、すでに英語とフランス語が堪能な彼。ドイツ語も加われば、欧州の外交において重宝されることだろう。

「荷造りはだいたい終わってる。このタイミングで留学することは、前々からわかっていたことだからな」

「そう……ですよね」

外務省の職員は、霞《かすみ》が関《せき》にある外務本省と、海外にある在外公館――つまり、大使館や総領事館を数年おきに移動しながら勤務することになる。

私の父親も外交官だったから、その仕組みについてはよく知っている。

「くれぐれも気をつけて行ってきてくださいね。現地は治安も悪いというし」

「大袈裟だな。途上国や紛争地域に行くわけでもあるまいし」

「それでも、どんなトラブルに巻き込まれるかわかりませんから――」

ただでさえ邦人はなめられやすいと父は言っていた。まぁ、父の時代と今は違うかもしれないけれど、日本に比べたら物騒であることには違いない。

ドイツは比較的安全な国だと聞くが、それでも日本に比べれば犯罪率が圧倒的に高い。日本よりも銃が浸透しているし、テロに遭遇する可能性だってゼロではない。反日過激派が大使館を襲ってくるかも――。

悶々と不安を募らせていると、先輩は笑って私の頭をくしゃくしゃと撫で回した。

「結構心配性なんだな、幡名《はたな》は」

頬をぷにっとつままれたので、私はむくれて目を逸らす。

私が心配性というわけではない、実際に父が危険な目にあったから心配しているのだ。

外務省の職員には二通りあって、ひとつは幹部候補とされる総合職職員、つまりエリートだ。もうひとつは専門職員といって言語を扱うエキスパートであり、ノンキャリアと称されることもある。

父はノンキャリ――つまり専門職員で、現地に派遣されることも多い。日本と海外を行ったり来たりで、私たち家族はいつも心配しながら父の帰りを待っていた。

暗い顔をする私を元気づけようと、先輩は軽い調子で笑う。

「そんなに心配ならついてくるか？　ドイツはきっと楽しいぞ。お前ひとりの衣食住くらい、俺が面倒見てやる」

捉え方によってはプロポーズに聞こえなくもないが、繰り返すが私たちは恋人同士ではない。ただの友人であり、今後そういう関係になる予定もない。

「そういうことは私ではなく、お付き合いしている方に言ってください」

恋人がいるのか聞いたことはないけれど、彼は高身長、高学歴、高収入。

顔だって目鼻立ちがはっきりしていて、各パーツが綺麗に整っている。男らしいのに柔和さもあって、メンズなのに美しいと形容できてしまうからすごい。

そのうえ、父親は厚生労働省の幹部職員。家柄からしてエリートなのだ。モテないわけがない。

「そうやって思わせぶりなこと言うの、やめた方がいいですよ？　いつかブロンド美女にビンタされても知りませんからね」

セクシーブロンド美女のビンタなら本望だろうか？　私がクスクス笑うと、先輩は「いや、本音なんだが」と困ったように額に手を当てた。

彼――葉山崎薫《かおる》は、大学のふたつ先輩であり、サークル仲間だ。

私たちが通っていた大学は、政治家や官僚を多く輩出する名門校として知られている。偏差値はトップクラス。

彼とはミステリー研究会――通称『ミス研』で出会い親しくなった。私が大学を中退してしまった今でも先輩後輩の関係は続いている。

「幡名」

不意にあらたまって彼が切り出す。

「俺がいなくなって寂しいか？」

真意の読み取れない表情で、彼が覗き込んでくる。

真面目に答えたら心配されてしまいそうなので、とりあえず茶化すことにした。

「そうですね。ご馳走してくれる先輩がいなくなると思うと、とても寂しいです」

私が経済的に厳しい状況だと知っているせいか、先輩は私を呼び出しては食事をご馳走してくれる。

「デートの下見に付き合え」とか「一緒に行くヤツがいないから」とか、いろんな理由をつけて誘い出してくれるけど、たぶん全部口実で、本当は私のためにしてくれているのだろう。

本当に面倒見のよい先輩で頭が上がらない。

「俺は財布扱いかー……」

「今日のイタリアンもとってもおいしかったです。やっぱり窯焼きピッツァは最高ですよね」

「ああ……まぁ、俺もおいしかったけど。特にチーズに蜂蜜かけるヤツが」

「クアトロフォルマッジのデザートピッツァですね。先輩、相変わらず甘党ですね」

とはいえ、これから先輩は二年にわたる長期留学に行ってしまう。そのあとも海外赴任が多いだろうから、次第に疎遠になって、そのうち会わなくなるに違いない。

こんな風に食事に行くことも、今日で最後になるかもしれない。

だいいちエリート官僚の隣を歩く女が大学中退の貧乏女子だなんて、おかしいもの。

「次はドイツのブロンド美女にでも奢ってあげてください」

「それこそ完全にハニートラップだろ」

「本望でしょう?」

ドイツは移民大国だからブロンドに限らずいろいろな髪色の美女がいるだろう。先輩好みのグラマラスレディもたくさんいるはず。

「ドイツで嫁探しでもするかぁ~……」

流れゆく人々をぼんやりと見つめながら、先輩はため息をつく。

私は二十二歳、彼は二十四歳。そっか、もう結婚を考え始めているんだ。

今回の留学は語学研修だけれど、今後もドイツやその周辺国に身を置いて勤務することが多いだろうから、今からドイツでお嫁さんを探すのもアリかもしれない。

彼ならきっと素敵な女性があっさりと見つかるだろう。

それに、官僚は縁談も多いと聞く。わざわざ自分で探さなくても、ご両親がいいご縁を持ってきてくれるのではないだろうか。

先輩が結婚したら――ちょっと寂しくなるけれど。

でも、仕方ないよね。

私は恋愛も結婚もするつもりがないし、そもそも彼とは釣り合わない。

「素敵な奥さんを紹介してもらえるの、楽しみにしていますね」

笑顔でひらひらと手を振って改札をくぐった。階段を下りる前にもう一度、軽く手を振ってホームへ向かう。

ちょうど電車がホームに入ってくるところで、私は近くにあった乗客の列の一番うしろに並んだ。

留学を終えたら、先輩はまた私に会いに来てくれるだろうか。


私――幡名茉莉《まつり》が難関大学を受験したのは、父のように立派な外交官になりたかったからだ。

無事現役で合格したものの、その後、両親が離婚して経済的に困窮し、大学に通い続けることが難しくなってしまった。

離婚の一件で憧れていた父にも幻滅し、外交官になるという夢自体に魅力を感じなくなった私は、二十歳で大学を中退し働くことを選択した。

母は近所のスーパーでパート、私は派遣契約で携帯キャリアの販売員などをしてふたりがかりで働き、高校生だった弟をなんとか進学させた。

学生時代の友人とは、中退をきっかけに連絡を絶った。

幼い頃から進学校に通っていたため、友人たちはみな一流の職業を目指して努力をしている子たちばかり。挫折し夢を捨てた私がどんな顔で彼らに会えばいいかわからなかったのだ。

何より家庭が崩壊し、これまでの生活も夢も希望もいっぺんに失くした私は、もう他人なんてどうでもいいと投げやりな気分になっていた。

ただ働くだけの鬱々とした日々。そんな中、たったひとり私の心の支えになってくれたのが彼――葉山崎先輩だった。


電車が駅に停車しホームドアが開いたとき。

「幡名！」

声をかけられて振り向くと、階段から葉山崎先輩が下りてくるところだった。

「先輩！　どうしたんですか⁉」

「やっぱり家まで送る。もうしばらく会えなくなると思うから」

この時間、都心の地下鉄はかなりの混み具合だ。

駆け寄ってきた彼は、私と一緒に電車へ乗り込み、車内の奥へと進んだ。連結部手前の少し空いたスペースに私を立たせ、混雑から庇うように立つ。

「ブロンド美女に囲まれる前に、お前のホッとする顔をよく見ておこうと思って」

「……それは嫌みでしょうか」

思わずムッとして、地下鉄の窓ガラスに映り込む自分の顔を見た。

私から見ても華やかさに欠けている。ファンデーションは塗らず下地とパウダーをはたくだけ、アイメイクやリップも抑えめの色ばかり使っている。

「素直に地味って言ってくれていいですよ」

「綺麗だよ。日本人らしい上品な顔だ」

「お褒めいただきありがとうございます……」

フォローがうまいなぁと複雑な気分になってしまう。

派手なメイクは苦手だし、落ち着いた格好をしていることが多いから、顔だけ華やかでも妙なことになる。

今日の服はネイビーのチュールスカートにシンプルなブラックのカットソー。同じくブラックのローヒールパンプスと小ぶりなショルダーバッグ。

「そういえば私、黒ばかりでしたね」

「幡名は暗い色を着ることが多いよな。せっかく〝茉莉〟っていうかわいらしい花の名前をもらったんだから、白や水色も着てみたらどうだ？」

茉莉花や瑠璃茉莉のことを言っているのだろうか？　茉莉花はジャスミンのことで、言わずと知れた小さな白い花を咲かせる。それに似た瑠璃茉莉の花は、名前の通り綺麗な瑠璃色だ。

「せめてデートの日くらいはかわいらしい色を着ることをお勧めする」

「デートの日は気をつけますね」

「……まるで今日がデートではないとでも言いたげだな」

私はパチリと目を瞬く。もしかして先輩もかわいらしい色の服を着てきてほしかったの？

まぁ、恋人かどうかにかかわらず、隣を歩く女の子が死神みたいな格好をしていたら気になるか。

「次に会うときは白、着てきますね」

「そうしてくれ」

つい次の約束を交わしてしまったけれど、次なんてあるのかな？

とはいえ、大学を中退したときも、もう二度と会うことはないと思っていたのに、今こうして一緒にいることを考えると、また奇跡が起きてもおかしくはない。

大学の友人ともサークル仲間とも確かに連絡を絶ったのに、先輩は偶然にも私を見つけ、声をかけてくれた。

「そういえば先輩、私が大学を辞めたあと偶然街中で再会したとき、どうしてあんなところにいたんです？」

正確には、大型書店のミステリー小説コーナーで彼と再会した。

確かに彼もミス研だから、ミステリー小説に興味があるのはわかるけれど、それにしても偶然が過ぎるのではないだろうか。書店なんて都心に山ほどあるのに、あの日、あの時間に偶然出会うだなんて。

「言っただろ。たまたまだよ」

「別に職場から近いわけでも、先輩の家から近いわけでもないのに？」

「じゃあ運命だったんだろ」

「先輩、そういうの信じるタイプじゃないですよね？」

あの日、私から強引に連絡先を聞き出した先輩は、こまめに連絡をくれるようになった。

家と仕事先を往復するだけの私を、様々な場所に連れ出して元気づけてくれた。

誕生日の日にはお手製のディナーとアクセサリーのプレゼント。まるで恋人のような扱いにドキドキしてしまったくらいだ。

家族のために働く私に同情しているだけだと知りつつも、ふたりで過ごす時間は純粋に楽しく、塞いでいた私の心を開くには充分だった。

他に友人がいなかったこともあり、いつの間にか私の世界は彼を中心に回るようになった。彼の存在が私の中でどんどん大きく膨れ上がっていった。

——でも、恋はダメ。絶対に。

気持ちが一線を越えそうになるたびに、私は自分にそう言い聞かせ彼との心の距離を保った。

両親の離婚を思い出しては、恋愛も結婚もろくなものではないと自戒する。私には恋も愛も必要ない。

「——ミステリーのタネが運命や偶然なんかじゃつまらない、だったか？　以前お前が言っていたな」

ぼんやりと考え込んでいたけれど、先輩の声で我に返った。

あの日再会したのは本当に偶然だったのかって話していたところだ。

「せっかくならすべての事象にきちんと説明をつけたくありませんか？」

「残念だが、現実はミステリーと違って、タネも仕掛けもないらしい」

電車が都心の地下を抜け地上へと出る。トンネルにこもってうるさかった走行音がわっと広がるように消え、話がしやすくなった。

「強いて言えば、立ち寄った書店の入口で古美門《こみかど》ジョージフェアが開催されてるってチラシを見たときは、お前のことが頭をよぎったな。実際にあの売り場に立ち寄ったのは気まぐれだ。そういう意味では、偶然と必然の賭け合わせかもしれない」

古美門ジョージ——私が大好きなミステリー作家だ。あの日、書店のミステリーコーナーでは古美門ジョージフェアが開催されていて、私もそれを目当てに足を運んだのだ。

そういう意味では、ミステリー好きという共通点がふたりを巡り合わせてくれたのかもしれない。

「じゃあ、ミステリーじゃなくてヒューマンドラマっぽく〝運命的な再会〟ってことにしておきますね」

今ではあの日、巡り合えたことに感謝している。

それが、彼が起こしてくれた必然だというのならもっと嬉しいが、どうやら偶然の要素の方が強そうだ。

「そこは〝ラブストーリー〟って形容してほしいんだけどな」

私の比喩にセンスが感じられなかったのだろうか、先輩がひょいと肩を竦める。

しばらく経つと電車は自宅の最寄り駅に到着した。先輩に手を引かれ、人混みをかき分けるように電車を降りる。

駅から十分程度歩くと、私と母と弟が暮らすアパートがある。

以前は父の仕事の関係でもっと都心に住んでいたけれど、離婚してからはなるべく家賃が抑えられるよう、都心から少し離れた安アパートに引っ越してきた。

先輩はこれまでも何度か家に送ってくれたことがあり、迷うことなく私のアパートに向かって歩き、エントランスの前で足を止めた。

「なぁ、幡名」

神妙な顔で呼ばれ、私もその場で足を止める。

「その気になれば、ドイツでブロンド美女のひとりやふたり探し出して嫁にすることも可能だとは思うんだが――」

彼に合わせて相槌を打ちながら「ふたりはいりません」とツッコミを入れると、

「大事なのはそこじゃない」と怒られてしまった。

「万一。もしも万一、好みの女性が見つからなかったら――」

先輩の手が伸びてきて、私の頭にぽんと載っかった。大きな手をじっと見上げながら、私はパチパチと目を瞬く。

「――お前を嫁にもらってやるから。期待しないで待っていろ」

私……？

くしゃくしゃと髪をかき混ぜられて、複雑な感情が湧き上がってくる。

冗談にしては真剣な顔だ。先輩の真意は何？　からかってるの？

「私が結婚する気ないのを知ってて言ってますね？」

「気が変わるかもしれないだろ」

「変わりませんよ、だって――」

両親の離婚を経て、私は絶対に恋愛も結婚もしないって決めたのだから。

ましてや先輩は父と同じ外交官なのだ。複雑な心境になるのは止められない。

なんだか皮肉だ。私たち家族から父を奪った外交官という職を憎む一方で、私が心の支えにしている彼も外交官だなんて。

「じゃあ、私の気が変わることを祈っていてください」

彼が迎えに来てくれることも、自分の気が変わることも期待はしていないけれど。

せめて最後は笑顔でと表情を取り繕って、ひらひらと手を振り彼と別れた。

それから半年後、先輩から絵葉書が届いた。

葉書の裏面にはバロック風の荘厳な建造物の写真。ターコイズブルーのドームが特徴的で、一見すると城か博物館にも見えるが、屋根の一番上に立っている十字架でピンときた。

「ベルリン大聖堂ね」

ドイツの首都ベルリンにある教会で、観光地として有名だ。どうやら自分で撮ったものをポストカードにしてくれたらしく、街行く人々が写り込んでいて、現地の活気が感じられた。

「元気にやっているってことね……」

よかった、そう安堵して胸を撫で下ろす。

返事は便箋に細筆を使ってしたためた。学生時代に書道を習っていたこともあり、筆で文字を書くのは好きだ。

私は元気です、どうか先輩もお気をつけて――ありきたりな内容ではあるが返事を送った。

その後、先輩は研修期間の二年が過ぎても日本には帰ってこなかった。

間を置かず赴任先が決まったらしく、次の絵葉書はルクセンブルクから届いた。

「ルクセンブルクって……確かドイツとフランスの間にある小さな国よね？」

自然に囲まれ、古城など歴史的建造物の多い国であり、首都は城砦都市として知られ世界遺産にも登録されている。

しかし、ただの田舎町というわけではなく、経済は豊かで指折りの富裕国として知られている。何より治安がいい。

葉書の情報によると、在ルクセンブルク大使館でしばらく勤務するという。危険な地域じゃなくてよかったと、私は再び安堵する。

先輩と離れて二年半、私の生活にも変化が起きていた。弟が無事専門学校を卒業し、介護福祉士として就職したのだ。

生活が安定したおかげで、自分を見つめ直す機会を得た私は、新しい夢に向かって下準備を始めているところだ。

幼い頃から得意だった書道の腕を活かし、習字教室を開こうと考えたのだ。

月謝だけで生計を立てるのは難しいから、しばらくは別の仕事と兼業になるだろう。書道家としてデザインの仕事を受注するのもいい。

幼い頃、在外公館に勤める父とともに海外で生活していたこともあり、英語はそれなりに話せるから、書道に興味を持つ外国人を対象にレッスンするというのも需要があるかもしれない。

通信講座やオンライン講座、動画配信を行うのもアリだろう。

先輩への手紙にそんな夢を綴ったら、いつの間にか封筒が分厚くなっていた。


習字教室にデザイン書道の仕事の受注、オンライン講座の開設など、約二年かけて開業の目処が立った。

下準備はすべて整って、新年度となる四月から生徒を募る予定だ。

場所はこれまで母や弟と暮らしていた自宅アパートから電車で十分程度都心に向かったところ。

駅から離れた住宅街に母方の親戚が所有する古い一軒家があって、どうせ引き取り手が見つからないからと安く貸してもらえることになった。近所に小中学校があり、そこに通う子どもたちの受講を見込んでいる。

今後はそこに移り住む予定だ。母や弟も私が家を出てひとり暮らしをすることに賛成してくれた。

そんな頃、再び先輩から絵葉書が届いた。

今度の送り元はドイツ。どうやら現在は在ドイツ大使館で働いているよう。ルクセンブルクに赴任している間に、訪問先で会った大使に気に入られ、特別に引き抜かれてきたという。

「着実にキャリアアップしているのね」

先輩との距離が開いていくのを実感する。

でも、私だって昔とは違う。自暴自棄になり先輩に慰められていた頃より成長しているのだ。

書道家としての活動はすでに始めていて、生計が立つ目処はついた。もうすぐ習字教室も開講する。

返事を書いているうちにモチベーションを取り戻し、希望が湧いてくる。

調子に乗った私は、さりげなく【ブロンド美女のお嫁さんは見つかりましたか？】なんて尋ね書いた。

お互い二十代後半――そろそろ結婚の話題が出てもおかしくない年齢だ。

しかし、返事はないまま年月が流れ、気がつけば先輩が欧州へ旅立って六年近くが経っていた。

習字教室を開講してもうすぐ一年。授業や生徒とのやり取りにも慣れ、新年度を前に気合いを入れ直そうと奮起していた三月下旬のある日。

突然先輩からメールが届いて、その内容にぎょっと目を剝いた。

【帰国した。週末、食事に付き合ってほしい】

なんて急な連絡だろう。盛大に焦りつつも、不思議と『断る』という選択肢が思い浮かぶことはなく、慌ててスケジュール帳を引っ張り出してきて、週末の予定を確認した。

返信を打とうとしたそのとき、メールの最後の文章を見て思わず手が止まる。

【気は変わったか?】

修飾語不足の不親切な質問。日本を発つ直前に交わした約束を思い出し、もしかしてアレのこと? と記憶を辿った。

――『嫁にもらってやるから。期待しないで待っていろ』――

『気は変わったか』、つまり『結婚願望は湧いたか』ということ?

私が独身かどうか探りを入れているのかもしれない。もしも既婚者であれば、ふたりきりでの食事は避けた方がいい、そんな気を遣ったのだろう。

【気は変わってません】とひと言つけ加え、週末の予定を返信する。

後日、待ち合わせ場所の地図が送られてきた。先輩が勤める霞が関からほど近い有名シティホテルにある高級フレンチレストランだ。

問題はドレスコード。男性はジャケット着用、女性はスマートカジュアルだ。カジュアルなんて名ばかりの、相応しい格好で来てくださいというプレッシャーに恐々とする。

ただでさえ先輩との食事は久しぶりで、背伸びをしなければという妙な使命感に駆られているのに。

今や私は二十八歳、先輩に至っては三十歳だ。以前と同じ服装とはいかない。

三十代の彼ってどんな感じなのだろう、大人のモテ男に進化しているだろうか。

その彼と一緒の席について、遜色ない大人の女性を演じなければならないと考えると――とても自信がない。

……そういえば、次は白い服を着るって約束したっけ。

彼の助言もあり、習字教室の日は生徒たちに威圧感を与えないよう、なるべく明るい色の服を着るようにしている。まぁ、毛筆のときは墨で汚れないように黒いエプロンを着けてしまうのだけれど。

幸い手持ちに白い服があることを思い出し、私はクローゼットの中からリボンシャツを取り出した。習字教室開講初日に着た勝負服である。

ボトムスは深いグリーンのフレアスカート、上着にベージュのトレンチコートを羽織って、土曜日の夜、彼との食事に向かった。


約束の時間五分前。私が店に到着したとき、すでに先輩は席に着いていた。

スタッフに案内されておずおずと歩いてくる私を見て、先輩は柔らかく目を細め、にっこりと笑った。

「久しぶり。わざわざこんなところまで来てもらって悪いな」

「いえ。……その、すごく素敵なお店で驚きました」

店にも驚いたけれど、彼自身の変化にも驚き戸惑った。約六年ぶりの彼は、思っていた通り――いや、それ以上に大人の男性の魅力に満ちている。

以前から彼は完璧な容姿を持ち合わせていたけれど、今の姿を見るとそれすらも未完成だったのかと呆れるくらい、目の前の彼は整いすぎていた。

公務員らしく特徴のないブラックのスーツを着ているが、馴染みのよいデザインながらも上質な光沢を放っていて、既製品とは一線を画している。

何より、洋服の色形程度では抑えきれないほどの気品が、彼の佇まいから、仕草から、そして眼差しから発せられていた。

素敵が度を越えていて、なんだか眩しい。

言葉では表現しきれないスケールに「ああ、人の上に立つ人になったんだな」と漠然と思った。

夜景が美しく望める窓際の席。スタッフに椅子を引かれ、先輩の正面にちょこんと腰を下ろす。

「なんだ？　緊張してる？」

身を小さくしていたからだろうか、あるいは黙りこくっていたから？　目の前の彼が首を傾げて苦笑する。

「だってこんな店、滅多に来ませんから。知ってるでしょう？」

「店に緊張しているのか。俺にではなくて？」

からかうように質問され「両方かもしれませんね」と曖昧に濁す。

私の知る『先輩』と目の前の『彼』がまだ結びつかなくて、ペースが乱れる。

雑談を交わしていればそのうち思い出すだろうか。

「最後に会ってからもうすぐ六年が経つんですよ。先輩は変な感じがしませんか？」

「そもそも日本が久しぶりだからな。帰国して一週間経つけど、懐かしさばかり感じてる」

「なるほど」

事前に注文しておいてくれたのだろう、食前酒と前菜が運ばれてくる。

食前酒は甘みの強いシャンパンだ。乾杯して口に運びながら、私の好みをしっかりと覚えてくれていたんだなと感服する。どこまでいってもできた先輩だ。

彼はシャンパン片手にまじまじと私を眺め微笑した。

「それにしても、幡名がこんなに綺麗になっているとは思わなかったな。いや、昔の俺の目が節穴だったか？」

私はきょとんと目を瞬く。こちらこそ、そんなお世辞を言う人になっているとは思わなかった。

「……ドイツに感化されすぎです。ここは日本ですよ」

海外ではこれが一般的な会話なのだろう。女性がいたらとりあえず褒める。それが一般常識でありごく普通のコミュニケーションなのだから仕方がない。

でもその調子で日本人女性にまで声をかけると、多くの女性が勘違いすること請け合いだ。特に彼、ハイスペック男子なんだから。

「口説いているように聞こえた？」

先輩がニヤリと笑う。

「残念ながら、そう聞こえますよ」

私もにっこりと微笑み返し、シャンパングラスに口をつける。昔もこうやって先輩の悪ふざけをあしらっていた気がする。うんうん、調子が戻ってきた。

だが先輩は意味深な笑みを携えたまま、スーツのポケットから何かを取り出し、テーブルの端に置いた。

なんだろう？　と思わずシャンパングラスごと顔を近づける。

茶色い革製の小箱。四角くて、上部が少し丸く膨らんでいて、上下に開きそうな切れ目があって、まるでジュエリーボックスのような——。

そのとき、彼が両手で小箱をパカッと開いた。

「残念ながら、口説いてるんだよ」

私の予想通りの開き方をしたそれは、中身も期待を裏切ることはなかった。

キラキラと光を反射する美しいダイヤと、プラチナの台座からなるリングが入っていて——。

「今日は長期戦になる気がしてるから、デセール《デザート》まで待たずにさっさと言うぞ」

口の中に残っていたシャンパンをごくりと飲み込み硬直する。この状況でなぜ指輪を見せられるのか、不穏な空気を感じ取り蒼白になる。
「好みのブロンド美女が見つからなかったんだ。約束通り、結婚してほしい」
はるか昔の約束を思い出し、くらりと眩暈に襲われた。
――『お前を嫁にもらってやるから。期待しないで待っていろ』――
まさかとは思っていたけれど、あの約束が現実のものになるだなんて。
まるで詐欺にでもあったかのような目で、目の前の彼を睨みつけてしまった。

第二章　俺に人生預けてみろ

「ですから！　私、結婚するつもりなんてこれっぽっちもありませんから！」

「強情だな。一生ひとりで生きていく気か？」

そんな押し問答を繰り返し、早三時間。

すでにフレンチは堪能し終え――とはいえ、突然プロポーズされたショックで味わうどころじゃなかったけれど――私たちは場所を移した。

私の自宅兼習字教室の客間で、ローテーブルに向かい合って正座しながら、出口の見えない論争を繰り返している。

壁には生徒約三十人分の作品が飾られている。最初は物珍しく眺めていた先輩だったけれど、今や口論が白熱してそれどころではない。

テーブルの上には緑茶の入った湯呑みがふたつ置いてあるが、ふたりとも口をつける余裕もないから冷めきっている。

「独身でも幸せに暮らしている女性は世の中にいっぱいいますから」

「結婚して幸せに暮らしている女性も山のようにいる」

お互い頑として譲らず、『結婚しよう』と『結婚できない』を延々と繰り返している。そもそも、結婚なんて相手に強制するようなものではないのだから、早く引き下がってほしい。

「私が恋愛も結婚もするつもりがないって、先輩だって知っているじゃありませんか。どうして今さらそんなことを言うんです!」

「まだそんなこと言ってるのか。そんなくだらない決意を六年間も引きずるな」

「くだらないって――」

私にとっては大問題だ。それが原因で私は長らく塞ぎ込んでいたというのに、その経緯を知る先輩がくだらないと言うなんて酷すぎる。

あまりの無神経さに言葉を失っていると、さすがに悪いと思ったのか、先輩は苦虫をかみ潰したような顔で「悪い。失言だった」と素直に謝った。

「お前を、その凝り固まった呪縛から解放してやりたいんだよ……」

先輩が力なく呟く。

わかっている、先輩は私のために言ってくれているのだ。しかも彼は自分の人生を賭してまで私を変えようとしてくれている。

わかっているし、すごく感謝もしているけれど――。

「先輩にそこまでしてもらうなんてできないし、そもそも私は、両親みたいな顛末は絶対に嫌なんです」

かつては大好きだった父と母のことを思い返しながら、私は目を閉じた。

外交官の父と、そこそこ良家の箱入り娘だった母は、情熱的な恋の末、駆け落ち同然に結婚した。

父はノンキャリアといえど外交官でそれなりの収入を得ていたから、両親は私と弟を産み育てながら、そこそこ良質な生活を送っていた。

幼い頃は父の仕事に連れ添い、家族全員で海外に住んでいたこともあった。だが、私が公立の名門中学に入学してからは、父だけが海外赴任するようになった。

特に父は現地での活躍が期待される専門職員。赴任する回数も多く、家族と離れ離れになる期間も長い。

もともと父は仕事熱心で真面目な人だったし、どんどん仕事優先の生活になり、家庭を顧みなくなっていった。

一方、私は純粋に父を尊敬してた。子どもの頃はキャリアなんてよく知らないし、国の重要な仕事に就く立派な父だと信じていた。

母は幼い頃に受けていた教育をそのまま私に施した。

書道や茶道、華道、ピアノ。海外にいたおかげで英語もそこそこ話せるようになったし、将来は父のような外交官になりたいと本気で思っていた。

しかし、いつからか母は、あまりにも家に戻らない父に不満を溜め込むようになっていった。

私が十九歳のときにそれが爆発したらしく、気がつけば離婚が決まっていた。

当初母からは、父が浮気をしたのだと聞かされた。忙しいから家に帰ってこられなかったわけではなく、仕事を隠れ蓑にして、別の女性と生活していたのだと。

当然私は幻滅し、父に嫌悪感を抱くと同時に外交官という職業にも反感を覚えるようになった。

外交官なんて全然立派な職業じゃない、そう思ったし、もしも私が外交官になったら、そんな父と一緒に仕事をしなければならなくなる。それは絶対に嫌だ。

しかし、母の話を聞くうちに違和感を覚え始めた。

浮気されたにもかかわらず、慰謝料も養育費も請求しないのはなぜか。母と私と弟で、逃げるように安アパートに越してきたのはなぜか。

ある日、母が電話口で誰かと口論しているのを耳にして、すべてを悟った。

浮気をしたのは母の方だったのだ。母は別の男の収入をあてにして父のもとから逃げ出したが、その男にも逃げられ、路頭に迷ってしまったらしい。

かといって今さら父を頼れはしない。

父が離婚に納得していたのかは知らないが、私たちを追いかけてこなかったところを見ると、家族への愛情はもう尽きていたのではないか。

数年もの間、ろくに家に帰ってこなかったくらいだ、だからこそこの現状がある。

母は自力で生活費を稼ぎ、私たちを養うと言い出した。

けれど、母はろくに働いたこともない箱入り娘、勤められる場所も限られ、私たちは貧困に陥った。

当然大学も学費が払えず、中退せざるを得なくなった。……まぁ、それに関してはすでに外交官という仕事に未練はなかったから、かまわないのだけれど。

とにかく喪失感が酷かった。母が浮気していたという事実、結果父が私たちを捨てたという事実。将来の目標すら見失い、すべてに押し潰された私は人間不信に陥った。

しかし、現実は落ち込んでいる暇などなく、母と協力してなんとか生き抜いていくしかない。浮気した母を軽蔑している余裕さえなかった。

私と母は話し合って、せめて弟は進学させてやろうと決めた。ふたりがかりで働いて、なんとか生活費と弟の進学費用を捻出した。

弟は大学ではなく介護系の専門学校に進学を希望した。人の役に立ちたいともっともな理由をつけていたけれど、おそらく私に気を遣ったのではないかと思う。学費が抑えられて就職に役立つ、実務に直結する学校を選んだのだろう。

カツカツながらも家族三人で支え合い、なんとか生活していた、そんなある日。

……これは母にも内緒にしていることなのだけれど、父が私にコンタクトを取ってきた。

父はこっそりと私を呼び出し、ろくな説明もないまま「これで許してほしい」とそっとお金を差し出した。

その瞬間、私は悟った。母がなぜ父と別れたのか。

すべてお金で解決させようとする人間だからだ。私たちが苦労していることを知りながら、直接手を差し伸べるわけではなく、お金だけ渡せばいいと考えている、そんな人だったから母は浮気に走ったのだ。

私は再び父に幻滅し、お金を受け取らずに帰ってきた。愛ならともかく、施しは受けたくない。金を免罪符に父親としての責務を果たしたと思われても嫌だ。

その後、無事弟が専門学校を卒業し、就職が決まった。

弟は「今度は姉ちゃんが好きなことをやる番」と言って私の背中を押してくれた。家のことは任せろ、俺と母さんがふたりで働けば、充分やっていけるからと。

私は一度家を出て夢を追いかけてみることにした。もちろん実家に何かあればすぐに駆けつけるし、仕送りだってしている。

お金だけ渡して姿をくらまそうとした父とは違う、そう自分に言い聞かせながら、私は私の人生を歩み始めた。

「恋愛も結婚も、終わりがくれば虚しいだけだし、大切な人に裏切られるくらいなら、いっそひとりで生きていくのが一番気楽だって思ったんです」

他人から見れば意固地に見えるかもしれないが、私はそのトラウマに振り回されて生きてきた。過去を忘れて自由に生きるなんて無理だ。

すべての事情を知っている先輩は、沈鬱な面持ちで私を見つめている。

「むしろ、どうして先輩が私にこだわるのかわかりません。先輩なら素敵な女性をいくらだって見つけられるのに」

強めに問いただすと、彼は気まずそうに目を逸らし「そんなことはない」と答えた。

「お前も知っている通り、外交官という仕事は頻繁に国外へ出ることになる。それも長期間だ。現にこの六年、日本にはほとんど戻れなかった。普通の女性とは結婚できないんだよ」

そうかしら？　と首を捻る。一緒に海外へいきたいと言ってくれる女性も多いと思う。何しろ彼は、家柄のいいキャリア官僚で、このルックスだ。

「先輩の場合、選びたい放題だと思いますけど」

「仮にお前が言うように選びたい放題だったとして、見知らぬ女性とゼロから関係を築いて『この人なら信頼できる』と確信するまで、いったい何年かかると思う？」

彼は眼差しを鋭くした。ローテーブルに手を置いて、身を乗り出す。

「そんな回りくどいことをするなら、いっそ、今すぐ幡名と結婚したい。お前だったら信頼できる」

ドキン、と胸が震えた気がした。

私が選ばれた理由は決してポジティブなものではない。極端に言えば、身近にいたちょうどいい女を選び取ったにすぎない。

それでも、結婚してもいいと思えるほど私のことを信頼してくれているんだとしたら、それは嬉しいとも感じる。

「お前に恋愛したいって気持ちがあるなら、俺と結婚しなくていい。好きな男ができたときに結婚しろ。だがこの先、一生恋愛するつもりがないなら俺にしておけ」

「どうしてですか？」

「俺ならお前を幸せにできるからだ」

いったい何を根拠に――と歯向かおうとしたが、自信に満ちた眼差しに押し負けて声が詰まった。根拠なんてあるはずがないのに、どうして彼はそんな目で『幸せにできる』だなんて言えるのだろうか。

「幡名には、俺が裏切るような男に見えるのか？」

違うとも、そうだとも言えず、ただぱくぱくと口を開閉する。

「それは俺がお前の父親と同じ外交官だからか？」

「それは――」

ぐっと喉を鳴らし目を逸らす。先輩が父と同じ外交官であることを気にしないと言えば嘘になるけれど、彼と父が違うこともよくわかっている。

「先輩のことは、信頼できると思ってます……」

「だったら、ひとりで生きるなんて言わずに、俺に人生預けてみろ。悪いようにはしないから」

テーブルの上に置いていた私の手に、先輩は伸ばした手を重ねた。

触れた温かさと頼もしさから、私にとっての彼という存在を実感し、不覚にも涙が出そうになる。

先輩は私にとって、唯一信頼できる人だ。

でも──。

「先輩を信頼できるかどうかと、結婚したいかどうかは別物です」

私がはっきりと言い切ると、彼は呆れたように肩を落とした。

「……わかった。結婚はあきらめる」

どうやら私に結婚願望は微塵もないと理解してくれたみたいだ。

ホッと息をついたのも束の間、先輩が鋭い眼差しで睨みつけてきたものだから、まだ何かあるのだろうかとたじろいだ。

「幡名と普通の結婚をするのはあきらめた。だが、生憎俺には結婚を急がなきゃならない理由がある」

あらためて彼がポケットからリングボックスを取り出し私の前に置く。

ボックスに手をかけながら、不敵な笑みを浮かべた。

「幡名は婚前契約書って知ってるか?」

婚前契約書──確か結婚後のトラブルを防ぐために、夫婦生活のルールや離婚時の条件なんかを書いて、あらかじめ契約を結んでおくものだ。

「聞いたことはありますけど……」

「要は、結婚することで双方にメリットがあればいいんだろう。これは愛の誓いなんかじゃなく、あくまで契約なんだってな」

まさか、と私は顔を引きつらせる。先輩が何を提案しようとしているかを察して凍り付いた。

「俺の結婚におけるメリットは、国内で行われるレセプションパーティーの同伴を頼めることだ。英語が得意なお前なら問題ないだろ?」

とんでもない内容に首を大きく横に振る。国賓級のお客様を英語でおもてなししろというのか。

「しかも書道家といえば日本文化の代表みたいなもんだし、海外から来る賓客たちにもばっちりウケる」

「そんな軽く言いますけどね……」

「英語で簡単な挨拶と書道の説明ができればいい。自己紹介とリスニング程度なら問題ないだろ?」

私はうっと言葉に詰まる。確かにそれならなんとかなるかもしれないけれど、おいそれと『できます』なんて返事できるような内容じゃない。

「パーティーの同伴者さえいれば、うちの両親も納得してくれるんでね」

「先輩のご両親、ですか？」

「ああ。さっさと結婚しろってうるさいんだ。放っておくと縁談を持ってくる」

先輩が心底嫌そうな顔をする。やっぱり彼は良家の子息、縁談なんて本当にあるのだなあと、どこか遠い世界の出来事のように聞いていた。

「親に女を紹介されるなんざまっぴらだ」

「先輩が私と結婚したい理由ってそれですか？　縁談を回避できて、私なら英語もできるから？」

「いろいろあるよ。幡名は俺の仕事に理解があるし、何より信頼できる。どん底から這い上がって習字教室を開業するようなバイタリティもあるしな。何より、一緒にいて楽しいし、見ていて飽きない。ついでにかわいい」

かわいいは余計だ。うっとり見つめられ思わず目を逸らした。

「それで。私のメリットというのは」

「俺との同居生活だ」

「……それメリットになっていますか？」

「経済的支援ってことだよ。浮いた金で実家に仕送りでもしてやればいい。幡名のお母さん、そこまで裕福ってわけでもないんだろ？　楽させてやれ」

お金なんていりませんと言おうとしたけれど、最後のひと言にぐらりと心が揺れた。実家への仕送りが増えるのは助かる。そうすれば、いざ弟が結婚して家を出ていったときに、母を援助できるから。

「生活に必要な金はすべて俺が用意する。仕事は好きに続けてくれてかまわない。何より——」

先輩がリングボックスを開き、輝く指輪を私の前に掲げる。

「この先、お前に何かあっても、俺が全力で守ってやる」

真摯な表情を向けられてドキンと鼓動が大きく高鳴った。

結婚なんてしたくない、そう思っていたはずなのに、彼の力強い眼差しに魅入られて決意が揺らいでしまいそうだ。

「俺の妻になれるのは、お前しかいないと思ってる。俺と契約結婚しよう。必ず幸せになれる」

彼がリングボックスからキラキラと輝く大粒のダイヤの指輪を抜き取った。

そんな指輪、私には一生縁がないと思っていた。ほしいとも思わなかったし、そもそもジュエリー自体にそこまで興味を持ったことがない。

石に愛を誓うだなんて、嘘みたい。だって、愛なんてすぐに壊れて憎しみに変わってしまうんだもの。

でも――。

「俺のこと、信頼してくれてるんだろ？」

そう言って、ニッと唇の端を跳ね上げる。

大胆不敵で、自信家で、それでいて頼もしい彼に悔しいけれど惹かれている。

彼を見ていると、本当に何もかもが大丈夫な気がしてくるから不思議だ。

両親の離婚を通じて、愛が失われていく様を目の当たりにした。いがみ合った末に離婚するくらいなら、結婚しない方がマシだと思った。

だが、彼が言うように契約結婚ならば、冷めることもこじれることもないだろう。

「…………わかりました」

悩んだ挙句、私はその指輪を受け取る決意をした。

「――恋愛ナシの契約結婚。それでよければお引き受けします」

条件を伝えると彼は満足したように笑みを浮かべて、私の薬指にダイヤを滑らせた。

サイズなんて教えたこともないのに、それは不思議とぴったりはまった。角度を変えると光を反射してキラキラと眩く輝く。

なんて綺麗な石。

この石の輝きが永遠に続くように、ふたりの信頼関係もずっと続いていきますように――何百年、何千年という大昔から、人々がこの石に祈りを込めてきた理由がわかった気がした。


結婚の約束をして一カ月。

四月の下旬、日が落ちてもコートがいらないほど気温が温かくなった。

運転席にはスーツ姿の先輩。助手席には彼に合わせて少しだけドレスアップした私。瑠璃色のワンピースに白い薄手のカーディガンを羽織っている。

車を目的地近くの駐車場に止め、降りる前にふたり向き合って意識を合わせた。

「いいか、茉莉。今だけ俺たちは恋人同士だ」

「わかりました、薫さん」

車を降り、母と弟が暮らす実家へと先輩を連れていく。

弟はまだ仕事から帰ってきていないだろうから、家にいるのは母だけだ。込み入った話をするにはちょうどいい。

これまでに何度も私を実家まで送り届けてくれた彼だけれど、家に上がるのは今日が初めてだ。

年季の入った2LDKの安アパート、そんな場所に高級マンションに住む彼を連れていくのは心苦しいが、通らなければならない道なので観念する。

気合いを入れて臨んだ、私の母への結婚報告。

お互いの両親に『私たちは交際ゼロ日、恋愛ナシの契約結婚です』なんて説明をしたところで、納得してもらえるわけがない。

ふたりで相談した結果、ここはひとつ手っ取り早く恋愛結婚ということにしておこうという話になった。

しかし、うちの母は外交官と結婚をして痛い目を見た張本人。すんなり納得してもらえないことは、私も先輩もぼんやりと予想していた。

案の定、先輩の素性を聞いた母はものすごく嫌そうな顔をして、ダイニングテーブルに座り腕組みしている。

私はテーブルを挟んで母と向き合いながら、門前払いを食らわずお茶を出してもらえただけよしとしようなんて、ポジティブなことを考えて自分を納得させていた。

「茉莉、あんた正気なの？」

離婚してもうすぐ九年になる。肉体的にも精神的にも厳しく、以前より十キロ以上痩せてしまった母は、加齢もあり頬がこけ目つきも厳しくなり、実年齢よりぐっと老けてしまった。嫌悪感丸出しで私たちのことをギロリと睨む。

「よりにもよって、外交官なんて……何の因果かしら」

「あのね！　薫さんは総合職試験に合格して外務省に入ったから、お父さんみたいな専門職員とは違って――」

「ええ、ええ、この方がお父さんより優秀で、家柄もよくて、将来性豊かだってことはよくわかったわ」

母が全然納得していないという顔で刺々しく言い放つ。

「でもね、茉莉。エリートだろうがなんだろうが、外交官は外交官よ。どうせ日本と外国を行ったり来たりなんでしょう。だいたい習字教室はどうするの。せっかく生徒さんを集めたのに、あなたが海外に行ったら授業なんてできやしないじゃない」

「私は海外には行かないわ」

「それなら、なおさら結婚なんてやめておきなさい。お父さんとお母さんが離れ離れになった結果どうなったか、あなたが一番よく知っているでしょう」

「それは……」

父が海外赴任を繰り返し、長い間家に帰ってこなかったせいで家庭が崩壊した――でもそれは言い換えれば、その間に母が浮気をしたせいでもある。

父にまったく問題がなかったとは言わないが、忙しくて家に帰れないことなんて外交官でなくても起こりうる問題だし、そもそも自分の浮気を父のせいにするなんてあんまりではないか。

「だってそれは、お母さんが――」

私が言い返そうとしたとき。

言葉を遮るように、隣にいた先輩がテーブルに身を乗り出し、真摯な表情で「お母様」と切り出した。

「婚前契約というものをご存知ですか」

「……いえ」

「結婚後のトラブルを防ぐために事前に交わす契約のことです。生活上のルールや離婚時の条件などをあらかじめ定めておくことができます」

彼がバッグの中から取り出したのは、小さな文字がびっしりと並んだ数枚綴りの文書。「これはサンプルではありますが」と前置きして、母の前に提示した。

「茉莉さんはご両親の離婚によって、金銭面で大変苦労されたと聞きました。そういったことがないように、離婚時の慰謝料や財産分与についてもあらかじめ定めておく予定です」

母がペラペラと書類をめくり、眉間に激しく皺を寄せる。小難しい文書が苦手な母は、『なんなのよコレ』と思っているに違いなかった。

「私が不貞を働いた場合は、充分な慰謝料を茉莉さんにお支払いすると約束します。双方の合意による離婚についても、共有財産の分配はもちろんのこと、彼女が生活に不自由しない程度の保証はお支払いするつもりです。もちろん、そういったことがないよう、最善を尽くしたいとは考えていますが――」

母はしばらく難しい顔をして契約書を眺めていたが、理解をあきらめたのかテーブルの上に文書を放り、代わりに胡乱気な目を先輩に向けた。

「じゃあ、もし茉莉が不貞を働いたらどうなるの？　あなたに大金を支払わなきゃならないのかしら」

ぎょっとして私は母を見つめた。私が浮気するとでも思っているの？　実の娘に対してあまりにも失礼ではないか。

「お母さん！　そんな言い方……！　私は――」

『お母さんとは違うんだから』――危うくそんな言葉が口から飛び出そうになったが、

先輩が私の肩に手を置いて押し留めてくれた。

「茉莉さんが不貞を働いた場合の罰則を契約に入れるつもりはありません」

その話は私も初めて聞くもので、驚いて彼を見つめる。

「私が婚前契約書を作成するのは、茉莉さんやお母様に安心して結婚してもらうためであって、保身のためではありません。そもそも、茉莉さんが不貞を働くような女性だとも思っていませんし」

ちらりと私を見て苦笑する彼。恋人ひとり作るのを拒んでいた私が不貞などあり得ないとでも言いたげだ。恥ずかしくなって、つい目を逸らした。

そのとき、玄関のドアが開き「ただいまー」という能天気な声が響いた。弟が仕事から帰ってきたのだ。

弟はリビングにいる私を見つけ「姉ちゃん帰ってたんだー」なんて声をかけ自室に入ろうとするが、私の隣に見知らぬ男性がいることに気づくと、こちらを二度見して足を止めた。

「……姉ちゃん、何かしたの……？」

いったい何を誤解したのだろう。先輩がスーツだったから警察か弁護士にでも見えたのだろうか。まるで犯罪でも疑うような目でこちらを凝視している。

「あのね、一樹《いっき》。こちらは葉山崎さんといって——」

私が紹介しようとすると、先輩はすかさず席を立ち、弟に向かって一礼した。

「初めまして、葉山崎です。お姉さんとお付き合いさせてもらっています」

「えっ……！　はぁ、それはどうも。弟の一樹です」

おそらく弟は「はぁ!?　どうしてこんなイケメンが姉ちゃんと!?」と思ったに違いないが表には出さず、代わりにぺこりと頭を下げた。

「それで……えっと、じゃあ、まさか結婚の挨拶、とか？」

「うん、まぁ、そうよ」

「へぇ……おめでと。姉ちゃんのもらい手が見つかってよかったね、母さん」

弟は初めてのことで緊張しているのか、ギクシャクとした態度で母に話題を振る。

しかし、母の表情が険しいことに気づき、私たちの間に流れる異様な空気を察知したようだ。

「母さん？」

「ひとつ問題があるのよ」

重くため息をつく母に、弟はきょとんと首を傾げる。

「葉山崎さんは外交官らしいの」

「ふぅん。それで?」

あっけらかんと尋ね返す弟に、母はぎょっと眉をひそめる。弟には言葉の意味が通じなかったらしく、なぜか私が母の言葉を補足することになった。

「いや……ほら、うちのお父さんも外交官だったじゃない?」

「じゃあ、父さんの部下ってこと? 何かまずい?」

「いや、まずいわけじゃないんだけれど……」

ちなみに部下ではなく上司になるだろう——なんて言ったら余計ややこしいことになりそうなので黙っておく。

それにしても察しの悪い弟だ、半ば呆れ気味でどう説明しようか悩んでいると。

「外交官という仕事にあまりいいイメージを持たれていないみたいだ」

ぽつりと漏らした先輩の言葉に、弟は「ああ」とやっと腑に落ちたようだった。

「別にいいんじゃない? 父さんとは違うんだし」

懸念をばっさり切り捨てた弟に軽く眩暈を覚える。

世の人間すべてがこのくらい後腐れない性格をしていたらどんなに楽だろう。きっとこの世から戦争や差別がなくなるに違いない、うん。

「一樹、そんな簡単な問題ではないでしょ! 私たちがどれだけ父さんに苦しめられたと思っているの！」

母がどん！　とテーブルを叩くも、弟は理解できないといった顔で首を傾げた。

「だって、姉ちゃんがこの人と結婚するって決めたんでしょ？　なんで母さんが口を挟むんだよ」

「私は母親なんだから、茉莉が同じ過ちをしないように止める義務が――」

「だいたい母さんだって両親の反対押し切って結婚したって言ってたじゃん」

弟の遠慮ない返答に、母はカッと頭に血を上らせる。

「だからこそよ！　茉莉には私のように間違ってほしくなくて――」

「じゃあ俺たちを産んだのは間違いだったってこと？　父さんと子どもなんか作らずに、親の用意した縁談相手と結婚した方がよかった？」

さすがの母もこれには沈黙した。私たちを前にして子どもを産まなければよかっただなんて言えるわけがない。

気まずい沈黙が漂う中、すかさず先輩が頭を下げる。

「必ず茉莉さんを幸せにします。どうか私たちの結婚をお許しください」

長い沈黙のあと、母は観念するかのように短く息を吐き出した。

「……私が悪かったわ。必ず幸せにしてやってちょうだい。大事な娘なの」

結婚の許可が下り、私と先輩はホッと胸を撫で下ろす。

弟に「ありがとう」と目で合図すると、ドヤ顔で自室へと入っていった。


帰り道、運転席に乗り込んだ先輩は、無事母への挨拶を終えたことに息をついた。

「なんとか納得してもらえてよかった」

「先輩ったら、こんなものまで用意していたんですね」

助手席に座った私は、膝の上にあるバッグから書類を取り出し、中身をペラペラと眺め見た。彼が持参した婚前契約書だ。

結婚生活における家事の役割分担や土日の過ごし方など、事細かに定められている。果ては、お小遣いの金額まで。

「それはあくまでサンプルだ。友人が使ったのをそのまま借りてきただけ」

「ああ、どうりで。お小遣い制だなんてびっくりしちゃいました」

「俺たちはそんなに細かく書く必要はないし、好きに約束事を作ればいい。まぁ、俺は小遣い制でもかまわないが？」

「先輩はお小遣いで縛り付けなきゃならないほど、無意味なことにお金を使ったりはしませんよね」

「……というか、この期に及んでまだ先輩と呼ぶ？」

苦笑しながら先輩――違う、薫さんが車のエンジンをかける。

これからは名前で呼ぶ癖をつけた方がいいかもしれない。婚約者と公言する以上、間違えて他の人の前で「先輩」なんて呼んでしまったらぎょっとされるだろう。

「……じゃあ、薫、さん」

さっきだってそう呼んでいたはずなのに、今さら妙にくすぐったい。

「俺は茉莉と呼ぶ」

「は、はい……よろしくお願いします」

なんとなくかしこまってうつむくと、彼はこちらに手を伸ばし、なだめるようにくしゃっと私の頭をひと撫でした。

「さて。茉莉の母親の許可はもらったから、次は父親だな」

「……やっぱり、お父さんにも言わなきゃダメですか？」

私と父が気まずい関係にあることは彼も知っている。難しい顔をしてぴくりと眉を跳ね上げた。

「最後にお父さんに会ったのは？」

「もうずっと前。七年くらいは経っていると思います」

そのときもろくな会話はせず、渡されたお金を突き返し「なんでもお金で解決しようとするからお母さんに愛想を尽かされるのよ！」なんて罵声を浴びせて逃げ帰ってきてしまった。

あれから父とは一度も連絡を取っていない。

「もう私たちのことなんて忘れちゃってるかもしれません……向こうだって関わりたくないと思ってるかも」

正直父とは会いたくない。娘の結婚に興味を示すほど愛が残っているのかもわからない。

連絡したところで、どこか遠い国で仕事をしているかもしれないし……。

いくつも理由を連ね、報告しないことを正当化しようとする私に、薫さんは困りつつも切り出した。

「俺としては了承を得たい。何しろ同じ職場だからな、今後、顔を合わせることもあるかもしれない。娘さんをいただいたってのに、挨拶もないのはあとあと気まずいだろ」

彼の言い分はもっともで、私は「そう……ですよね」と顔を伏せた。

二十年間も養ってもらったのだから、結婚の報告くらいした方がいいのは私だってわかっている。

「茉莉がもう会いたくないって言うのなら、俺だけ会ってきてもかまわないか？」

「それはかまいませんけど……どうやって会うつもりですか？」

「同じ場所で働いているんだからアポイントくらいどうとでもなる。上司に頼んで紹介してもらったっていい。任せてくれるなら好きにやるさ」

「じゃあ……お言葉に甘えてお任せすることにします」

丸投げは気が引けるが、彼なら私が間を取り持つよりもずっとうまくやってくれるだろう。その提案に乗ることにした。

自宅兼習字教室に到着し、私は車を降りる。

この家でひとり暮らしをするのもあと少し。双方の両親へ挨拶が済み、婚姻届にサインをしたら薫さんと一緒に暮らす予定になっている。ここは私の自宅ではなく、仕事場になる。

「そういえば、薫さんのご両親にはいつ挨拶に行けばいいでしょう？」

彼のお父様といえば、厚生労働省の幹部職員。予定を空けるだけで大変そうだ。

とはいえ、嫁ぐことになるのだから、直接会ってきちんとご挨拶をしないわけにもいかない。

しかし彼はにっこりと笑って「うまく伝えておくよ」と濁した。

「お父様は忙しくてお会いするのは無理そう？　お母様だけでもご挨拶しておきたいのだけれど——」

「まぁ、そのうちに。うちの親たちの予定が空くのを待っていたら、いつまで経っても籍を入れられないし。きちんと了承は得ておくから問題ない」

本当にご挨拶をしなくても大丈夫なのかしらと不安に思いつつ、名家には名家なりの事情があるのかもしれないと自分を納得させる。

「じゃあ、お父様とお母様によろしくお伝えください」

「ああ。婚姻届の準備ができたら連絡するよ」

薫さんは私を玄関まで送り届けると、再び運転席に乗り込み走り去っていった。私は車が見えなくなるまで手を振って見送る。

彼との結婚がどんどん現実味を帯びてきた。契約結婚とはいえ結婚は結婚、あれだけしないと心に決めていたことをあっさりと了承してしまって、本当にこれでよかったのかと葛藤する。

とはいえ不思議と落ち着いていられるのは、相手が信頼できる人だからだろう。

彼だから、あれだけ忌み嫌っていた結婚をしてもいいと思えた。彼が私を必要だと言ってくれたからだ。
私、本当に先輩と結婚するんだ……。
ううん、違う、今日からは――。
「〝薫さん〟……」
自分の心に馴染ませるように、慣れないその名前を口にした。
彼への愛情なんてないはずなのに、不思議と胸の奥がドキドキと疼いた。

第三章　夫婦の練習

母から結婚の了承を得て半月が経った。

五月の連休明けの土曜日。今日は午後から習字教室がある。

襖を開けて和室をふたつ繋げ、中央に大きめのローテーブルを三つ並べた。黒いフェルト製の下敷きを敷き詰め、六人分の書道セットを配置し、三人ずつ向かい合わせに座れるよう席を作る。

各々の席の右側に墨と硯、筆置きと文鎮を置き、半紙や墨汁、水差しはシェアできるようにテーブルの真ん中に二セットずつ置く。

書道セットは共有で使うが、筆だけは個々に持っていて、授業が終わるたびに私がまとめて洗って乾かしておく。今日訪れる十二人分の筆をケースに入れ、部屋の入口にある棚に置いた。

私が座るテーブルは、生徒たちから少し離しておく。あまり近くで見られていると萎縮して書きづらいだろうから。

添削用の筆と朱墨を用意して、準備完了だ。

小、中学生混合で、十四時のクラスと十六時のクラスに分かれてそれぞれ六人の生徒を迎える。

一回目の授業を終え生徒たちを送り出したあと、作品を部屋の端に移動して乾かし、教室を軽く整え、二回目の授業に備えた。

玄関のチャイムが鳴ったのを耳にして時計に目をやると、時刻は十六時十分前。

私はドアフォンを確認し「こんにちは、今開けるね」と声をかけ、玄関へ向かう。

この家に入居した当時は音が鳴るだけの簡素なチャイムしかついていなかったが、今後は来客が多くなることを見越し、モニターつきのドアフォンを設置した。

他の設備はかなり古い。何しろ、築五十年に近い平屋で、廊下の木板なんて踏むとミシミシ音がするし、雨が強い日は窓枠から雨漏りすることも。ただ、それがこの一軒家を安く貸してもらえる理由なので文句は言えない。

ドアを開けるとそこにいたのは、いつも一番乗りでやってくる小学三年生の井上《いのうえ》さん。几帳面な性格で、字は真っ直ぐきっちり書くタイプだ。筆圧が強いのは気合いの表れか。

「井上さん、いらっしゃい」

「先生こんにちは！」

挨拶もきちんとしていて優等生といった印象だ。

時間に近づくと、生徒たちが続々とやってきた。到着した生徒から順に着席し、筆を準備する。

硯に墨汁と二、三滴の水を垂らし軽く固形の墨で磨ったあと、まずは筆ならし。半紙に『一』の字を書き連ねる。

十六時ちょうど。最後にやってきたのは、今年度から近所に引っ越してきた中学二年生の川村《かわむら》くんだ。このクラスでは最年長となる。

割と人懐っこい性格で、新しい学校にもすっかり馴染んだそうだ。

「センセ、そのワンピかわいいじゃん。今晩、デート?」

会って早々、子どもらしからぬ発言をされぎょっとする。しかも鋭い。今夜は薫さんと会う予定があるのだ。

……川村くんは社交的というか、ちょっぴりおませさんなのよね。

習字教室に通う理由を聞いて驚いたものだ。『男が習字をやっていると意外性があって女子にウケるから』だなんて。

これがイマドキ男児なの? 私の時代とはだいぶ違う……。

「たまたまよ。今日は暑いくらいだから、涼しい格好をしたの」

まさか本当にデートだとも言えず、焦りつつも笑顔で切り返すと。

「髪もいつものひとつ結びじゃなくて、編み込んで下ろしてるし、アイメイクもちょっと濃いよね」

なんて洞察力。この子、本当に中学生なの!?

心の中で慌てふためきながらもなんとか平静を装い「気分転換よ」とあしらう。

全員が到着する頃には、井上さんは粛々とならしを終え、『二』を五つ書き上げていた。私は黒いエプロンを被り、添削に取りかかる。

『二』はまず筆の穂先を丁寧に下ろし、真っ直ぐ、わずかに右上に引き上げながら筆を運ぶ。終筆は筆の腹に軽く力を入れ、穂先を優しく上に押し上げてとめる。

「うん。今日も綺麗に書けてるね」

おかしなところがあれば朱で直しを入れるのだけれど、上手に書けたので半紙に大きな丸を書く。

「よし、じゃあ井上さんはこれを書いてみようか」

そう言って渡したお手本は『水』という字——とめ、はね、はらいなどあらゆる要素が詰まっていて、小学三年生の中では難易度の高い字だ。

井上さんは「はい！」と元気よく挨拶して自席へ戻っていく。お手本を横に置いてさっそく書き始めた。

私は次の生徒の添削に取りかかる。五人を終え、最後は川村くん。

彼はもう中学生なので、『二』は楷書と行書の両方を書いてもらう。もちろん、小学生の生徒たちよりも厳しめで添削する。

私は楷書の終筆に筆を乗せ「ここ、お尻をきゅっとしてね」と筆の腰を下ろし〝止め〟のイメージを伝えた。

腰と言わずお尻と表現するのは、その方が子どもたちはイメージがしやすいから。

「俺、行書の方が好き。楷書って堅っ苦しいんだもん」

本人の言葉通り、行書の方がずっと上手だ。きっちり書くよりも、勢いよく流れに乗せて書く方が性に合っているみたい。

「文字もそう言ってる」

「だろ?」

字は性格が出るからおもしろい。

丸い字、角ばった字、重心がずれたかわいらしい字、右上がりやはねが強調された気の強そうな字――いろんな個性があっていいと思う。

ここは習字教室だからバランスのよい正しい字の書き方を教えるけれど、基礎を学んだ上でアレンジするのは大歓迎だ。

正確さを越えた先にある自分らしさを表現するようになると、それは習字ではなく書道――アートや自己表現に繋がっていく。

生徒全員にそこまでを求めているわけではないけれど、もしもこの教室をきっかけに字を書くことを好きと思ってもらえたら嬉しい。

なんて真剣なことを考えていたら――。

「センセ、気をつけてね。勝負服に墨飛ばさないように」

さっそく川村くんに茶化され、私はいつもより少しだけ丁寧に朱液をつけながら「気をつけるわ」と苦笑した。

添削を繰り返し、授業も残り十五分。ここからは一日の総仕上げ、一筆入魂の『集中タイム』だ。

この一時間で学んだことを思い出しながら、今日イチの一点を書いてもらう。最後の作品は、朱は入れずにとにかく褒める。自身の成長を実感し、気持ちよく帰ってもらい、また筆に触れたいという気持ちに繋げてもらいたいのだ。

字は書き続けていくうちに着実に綺麗になっていく。モチベーションを保つことが一番大事だ。

みんな真剣な顔つきで筆と向き合い、教室が静まり返る。心地よい緊張を感じながら、私はそっと彼らの様子を見守った。

書き終わった順に総評をして、壁に飾っていた先週の作品を返却する。今日書いた作品は乾かしたあと、同じように壁に飾り来週返却する予定だ。

今日の授業はこれでおしまい。生徒たちが帰り支度を始めたとき、玄関のチャイムが鳴った。

私は「ちょっとごめんね」とみんなにひと声かけ、部屋の端にあるドアフォンのモニターに向かう。

何か宅配でも頼んでいただろうか？　思い当たる節はないけれど。

不思議に思いモニターを確認すると、映っていたのは見知った顔のとんでもないイケメン。

「えっ……!!」

七分丈のブラックジャケットに白いカットソー、グレーのイージースラックス。

七時に約束していたはずの薫さんがもう訪れたことに驚いて、思わず声をあげてしまった。

まだ生徒たちの見送りと教室の片付けが残っている。とりあえずダイニングにお通しして待っていてもらおうかしら――そんなことを考えて振り向いたとき。

「これ、センセの彼氏？」

いつの間にか川村くんがすぐうしろからモニターを覗いていて、私はさらに驚き
「わぁっ」と飛び上がった。

「え！　先生のカレシ!?」

「見せてー」

「私も見たーい」

生徒たちが私も私もとモニターの前に集まってくる。この子たち、『カレシ』だなんて言葉の意味をわかって言ってるのかしら……？

「ごめんね、ちょっとだけ行ってくるから！　みんな、帰り支度をしていて……！」

騒ぐ生徒たちをなだめて教室を飛び出し玄関へ。サンダルの先をつっかけ、勢いよくドアを開ける。

「薫さんごめんなさい！　中で少しだけ待っていてもらっていい!?」

顔を合わせて早々そんな剣幕だったから、薫さんは何事かとのけぞって「あ、ああ、かまわないけど」と頷いた。

「バタついてごめんなさい、もう少しで習字教室が終わるの。こんなに早く来てくれ

ると は思わなくて――」

「そうか？　五分前だけど」

「え？」

「約束の時間、十七時だろ？」

薫さんの言葉に私はさぁっと蒼白になる。

まさか私、十七時と七時を間違えていたの？

なんてそそっかしいのだろう……自分のことながら唖然としていると。

「あはは、センセ、もしかして十七時と七時を間違えたの？」

うしろから揶揄が飛んできて、振り向くと帰り支度を整えた生徒たちが廊下にずらりと並んでいた。

「……間違えたのか？」

薫さんまで一緒になって尋ねてくるものだからごまかしようもなく、「はい……すみませんでした」と正直に非を認める。

「先生、デートの時間、間違えたんだってー」

「だから勝負服って言ってたんだ？」

「ショーブフクって何？」

生徒たちがわいわい騒ぎ始める。

「勝負服なのか？　確かにそんな爽やかな色のワンピースは珍しいよな」

だから薫さんまでからかわないで！　彼の二の腕を軽く叩いて黙らせる。

「さ、みんな、作品は持った？　忘れ物はない？　帰る時間よ」

パンパンと手を打ち鳴らし帰宅を促すも、みんな薫さんに興味津々だ。

「先生の彼氏格好いいね」

「ケッコンするのー？」

「ねー、何歳？」

生徒たちから思い思いの質問をぶつけられ、薫さんも苦笑いした。玄関で靴を脱ぎながら「ああ、結婚するよ。三十歳だ」と律儀に答える。

「ね、センセの彼氏は字ぃ上手なの？」

川村くんが尋ねると、薫さんはちょっぴり困った顔をした。

「いや。習字の先生の彼氏だからって字が上手なわけではないよ」

「じゃあ、センセに習えばいいじゃん」

「ああ。それはいいかもしれないな」

変な方向に話が流れていくのを感じ取り、これは早めに薫さんを奥の部屋へ押し込んだ方がいいと直感する。

「薫さん、ごめんなさい。みんなのお見送りを済ませちゃうので、ダイニングで待っていてもらえますか？」

薫さんの背中を押して、奥にあるダイニングキッチンに連れていこうとすると。

「センセの彼氏の字ぃ見たいなー」

川村くんの思いつきに、生徒たちがわっと湧く。

「私も見たいー！」

「書いてみて！」

「私の筆、貸してあげる～」

「こっちだよ！」

生徒たちが薫さんを取り囲み、私ともども教室へ引きずり込もうとする。

「ちょっ……みんな！　早く帰らないとお母さんが心配しちゃうよ！」

しかし、時間にきっちりしているはずの井上さんですら「大丈夫です」と頼もしく回答してくれた。『先生の彼氏襲来』は、子どもたちにとっては見過ごせない大事件らしい……。

ひとりが半紙を持ってきて、もうひとりが手本の教科書を持ってくる。薫さんはテーブルに座らされ、されるがままだ。

「字はこれでいい？」

井上さんが『水』という字を半紙の左に置いた。

「もっと難しい字、選べばいいじゃん」

「シンプルな方が難しいって先生が言ってたよ」

「ああ、それもそっか」

書いてもらう字は『水』に決まったようだ。止めても無駄だと悟り、こうなったら薫さんに頑張ってもらうしかないと遠くから見守る。

「この筆を使って書けばいいのか？　……こんなに見られて書くのは初めてだ」

薫さんは生徒たちの視線を一身に浴びながらも尻込みすることなく、筆に墨汁をつけ半紙の上に持っていく。

大胆に筆を走らせ、一画目の直線をリズムよく書ききった。

〝はね〟の部分は少々難ありで、生徒たちも気づいたらしく「一度とめるんだよ」「筆の先からはねて」とちょっぴり生意気にアドバイスしている。

薫さんは周囲の言葉をものともせず、二画目、三画目と筆を走らせる。

四画目は難易度の高い右はらいだ。案の定、基本を無視したダイナミックな右はらいに周囲からブーイングが巻き起こる。

「違う違う！　筆のお尻をきゅってするんだよ！」

「お尻……？」

怪訝な顔をする薫さんの背後に回り込み、私は彼の持つ筆に手を添え、右はらいの部分に持っていった。

「ここで、筆の腰にきゅっと力を入れるんです。それから筆先を横に滑らせて――」

上からもう一度なぞり、右はらいを綺麗な三角形に手直しすると、薫さんは「さすが先生だな」と感嘆の声をあげた。

「じゃあ、はねのところは？」

「そこは……」

再び筆に手を添えようとすると、私の人差し指が彼の手の甲に触れてしまった。

「っ、ごめんなさい……！」

思わず手を引っ込めて顔を赤くした私に、川村くんがきょとんと首を捻る。

「なんだかセンセって子どもみたいだな。本当に付き合ってんの？」

子どもに子どもと言われてしまうなんて。軽くショックを受けつつも、おませな川村くんに比べたら私は本当に幼稚なのかもしれないと納得してしまった。男性と手を繋いだことすらないもの。

戸惑う私とは反対に、薫さんはニヤリと笑みを浮かべる。

「オトナはみんながいるところでイチャイチャしたりしないんだよ」

すると、生徒たちの表情がパッといたずらめいたものに変わった。

「みんながいないところでイチャイチャするんだ!?」

「ラブラブだー!」

結果、火に油を注ぐことになってしまい、生徒たちは大騒ぎだ。薫さんは平然としているけれど、私は恥ずかしくて仕方がない……。

さんざんからかって気が済んだのか、生徒たちは続々と「またねー」「さようなら」と声をあげて帰っていく。

「みんな帰り道に気をつけてね!」

玄関口で生徒たちを見送っていると、突然川村くんがくるりと振り向き、茶目っ気たっぷりの顔で笑った。

「またねセンセ。彼氏とふたりで思う存分イチャイチャしてきなよ!」

私は頬を引きつらせながら手を振り返す。みんなの姿が見えなくなると、思わず「はぁ……」とため息が漏れた。

まるで嵐が過ぎ去ったよう。玄関のドアを施錠し、ぐったりとして薫さんの待つ教室へ戻る。

疲れ切った私の様子を見て、薫さんは「お疲れ様」と苦笑した。

「子どもたちに付き合ってくれてありがとうございます。それから、時間を間違えてごめんなさい。軽く片付けるので、少しだけ待っていてもらえますか？」

生徒たちの筆を集めようとすると、「茉莉」と声をかけられ手招かれた。

「書いてくれよ。正しい『水』って字」

生徒たちがいるときにはしなかった甘やかな表情で、薫さんが私の手を引く。

その優しい眼差しに惚けていると、彼は私のうしろに回り込み、両肩にそっと手を置いた。

「……薫さん？　急にどうしたんですか？」

「考えてみたら、茉莉が字を書いているところを見たことがなかったからさ。大学の頃、ノートを書いているところくらいは見たが」

懐かしいことを引き合いに出され、思わず笑みがこぼれる。

彼は「ほら」と私をテーブルの前に座らせた。半紙を一枚持ってきて正面に置き、筆置きにある筆を私の右手に握らせる。

彼の右手は筆ごと私の手を握り込んでいて、左手は私の肩に添えられている。

今日はなんだか距離が近い。

これまで人混みで肩が触れるくらいはあったけれど、こんなにぺったりくっつかれた覚えはなくてそわそわしてしまった。

『オトナはみんながいるところでイチャイチャしない』——不意に彼の言葉を思い出し、勝手に鼓動が跳ね上がる。

「あの……そんなにくっつかれたら、書けません……」

恐る恐る主張してみると、彼は私の耳元に唇を近づけて小さく笑みを漏らした。

「さすがに指が触れただけであんなに動揺されるなんて、俺も驚いた」

さっき、川村くんに茶化されたときのことだ。嫌がっているように見えてしまっただろうか。

「ご、ごめんなさい」

慌てて謝ると、肩に触れていた彼の左手が腰に回った。ひくりと引きつるように背筋が伸びる。

「もう少しスキンシップに慣れてくれると助かる。一応、夫婦になるんだから」

「は、はい……」

思わず返事をしてしまったけれど、慣れるってなんだろう？　こうやって肩や腰が触れていても動じることのないメンタルを身に付けろってことだろうか。

かちんと固まっていると、彼の体が少しだけ離れた。わずかに気が緩み、肩の力が抜ける。

「せめて腰を抱くくらいは、自然にできるようにしたい。それくらいのことは、これからいくらでもあるだろうから」

「そ、そうですよね……」

彼は私にパーティーの同伴を頼むつもりでいる。妻へのエスコートといえば、腰を抱いたり腕を絡ませたりするのが一般的。いちいち緊張していては異様だ。

夫婦として当然のことをしているだけ――そう自分に言い聞かせ雑念を振り払うと、大きく深呼吸をして筆を走らせた。

薫さんは正面に回り込み、私が『水』と書く様子をじっと見守っている。

「……さすがは先生、教科書のまんまだ。今度は自由に書いてみてくれよ」

彼は書き上がった一枚を脇にずらし、新しい半紙を私の前に置く。

「書道家としての『水』はどんな感じ？」

書道家として、つまり芸術として書くことを求められている。教科書と同じように書くだけでは書写――書き写すだけであり、唯一無二の芸術とはならない。

『水』という字のイメージを膨らませ、訴えたいことを頭の中に思い描く。

水は清らかに澄んでいて流動的。ひとつの形にはなり得ない瞬間の美。捉えどころがないって意味では、ちょっと薫さんに似てるかも。

薫さんのように強くしなやかで美しく、大胆に――ダイナミックに筆を走らせると、彼は唸りをあげた。

「すごいな。茉莉は今これで飯を食っているんだな」

「お金を出す価値はありそうですか？」

「芸術は好みだから金額はつけられないが、少なくとも俺には価値があるよ。部屋に飾りたいくらいだ」

正面に肘をついて、私をじっと見つめながら言う。

すうっと細まった目は、私の心の奥底を探っているようで、大切に見守ってくれているようにも感じられた。

「大学に通えなくなって、将来を見失って、つらかったはずだ。でも、そこから這い上がって新しい夢を見つけたんだよな。茉莉はすごいと思う」

突然褒められ、私はぽかんと彼を見つめ返す。彼の唇には慈愛に満ちた笑みが浮かんでいる。

「何より、これを書いているときの茉莉が美しかった」

目元を緩めた甘ったるい表情で見つめられ、ドキリと胸が高鳴って一瞬世界が停止する。

「……危うく惚れるところだった」

続けざまに勘違いしそうな台詞を連発され動揺した。

いやいや比喩だ比喩。惚れそうになっただけで、実際に惚れてはいないのだ。

彼は私の努力を評価してくれているだけで、それ以上の意味はない。

「ありがとうございます。そう言ってもらえて嬉しいです」

笑顔を返すと、彼もわかりやすくにっこりと微笑んでくれたが、次の瞬間。

「……流されたか」

「え？」

彼が目を逸らしぽつりと漏らす。今、なんて言ったのだろう、うまく聞き取れなかったのだけれど……。

眉をひそめる私に、彼は素知らぬ顔で立ち上がった。

「それで、片付けるんだっけ。何か手伝えることはある？　それとも、大人しく待っていた方がいい？」

「あ、じゃあ、向こうで待っていてもらえますか？　服が汚れてしまったら申し訳ないですし」

「服は大丈夫だが、邪魔になったら悪いから向こうに行っているよ。手が必要になったらいつでも呼んでくれ」

そう言って彼は部屋を出てダイニングに向かう。私は急いで使い終わった筆を洗って干し、最低限の片付けを済ませた。

私がダイニングを覗くと、彼はテーブルに座って書類を確認していた。もしかして、先日話題に挙がった婚前契約書の草案だろうか。

「お待たせしました。お茶も出さずにごめんなさい」

私が慌ててキッチンに向かうと、彼は書類を伏せ「俺の方こそ仕事の邪魔してごめん」と申し訳なさそうに顔を上げた。

「それは私が時間を間違えたから」

「土曜の日中は仕事って聞いてたんだから、もう少し遅い時間にすればよかった。気が利かなくて悪い」

どう考えても私が悪いのに、自分の気遣いが至らないせいだと言い換えてくれる彼に、優しいなぁと胸が温かくなる。

「でも、茉莉がどんな顔で仕事をしているのかわかってラッキーだった」

ニヤリとふてぶてしい笑みをたたえる薫さん。本当はそれほど悪いとも思っていないのかもしれない。思わず苦笑する。

私はふたり分のお茶を運びながら、テーブルに置いてある書類をちらりと覗いた。

「それ、婚前契約書です？」

「ああ。俺からの条件はまとめた。あとは茉莉の条件を教えてくれ。それから――」

彼がバッグから取り出したのはA３の用紙。それが婚姻届であることに気づき、私はお茶を運ぶ手が止まる。

「条件に問題がなければサインしてほしい」

意志の強い瞳で見上げられ、私は息を呑む。

彼の前にお茶を置き正面の席に腰を下ろすと、婚姻届の内容に目を通した。すでに彼の名前や住所は記載済みだ。

「私の条件を聞く前にサインしていいんですか？」

「よっぽど非人道的な内容でない限り、呑むつもりでいるよ」

次いで渡された婚前契約書には、シンプルな条項が記されていた。

国内で発生する外交上の会合に妻として付き添うこと。ただし、妻の仕事の調整がつかない場合にはそれを優先とし、断る権利があること。

同一住居に居住し、一切の生活費は夫が持つこと。海外赴任等で夫が長期間家を空ける場合は、留守中の住居は妻が管理する。ただし、仕事で家を空けることや、帰省は可とする。

それから、夫が不貞を働いた場合の慰謝料やペナルティについて、いくつか記述があった。しかし、私の不貞に関しては記されていない。私の母に説明した通りだ。

「これだけ……？」

条件というような条件は最初のひとつだけで、あとは彼にとってあまり利益になるようなものはない。

「言っただろう。俺は茉莉と結婚がしたいんだ。お前に嫌がられるような条項を入れても意味がない」

あまりにも真摯な眼差しを向けられ、戸惑った。

彼が結婚に対して真剣なことは知っていたけれど、こんなにも私にとって都合のいい条件を並べるなんて、甘やかしすぎではないだろうか。

「結婚さえしてくれれば、茉莉は自由でいてくれてかまわない。趣味でも仕事でも、好きに楽しむといい」

「薫さんの負担が大きすぎるのでは？　せめて食費を私が持つとか……」

「じゃあ、スイーツ代は茉莉が出すっていうのは？」

「それはかまいませんが……」

「よし、決まり」

私が支払う生活費の代わりがスイーツ代だなんて、あまりにも彼にとってフェアじゃない。

とはいえ、お給料は彼の方が格段に上。私に合わせて彼の生活の質が落ちてしまっても困るので、その提案を呑むことにした。

「じゃあ、今度は茉莉の条件を聞かせてくれ。結婚する上で譲れないものはある？」

私は腕を組みうーんと唸りをあげる。そもそも私は、成し遂げたいことがあって結婚するわけではない。薫さんの熱心な説得に流されたようなものだ。

強いて言えば――。

「子どもは、考えられません……」

〝結婚〟といえば選択肢としてついて回るのが〝出産〟。でも、私は子どもを産みたいとは思えない。

もし離婚となったら一番に心に傷を負うのは子どもたちだ。彼のことを信頼していないわけじゃないけれど、それでも、まだ出産という重い責任を背負う覚悟はできていない。

だいたい彼とそんなことをするなんて考えられないし、彼だって私としたいなんて思っていないはず。

……それでも、子どもはほしかったりするのかな？

おずおずと見上げると、彼は気にするなといった感じで微笑んだ。同時に悲しんでいるようにも見えて、ちくりと胸が痛む。

「わかった。条項に盛り込んでおく」

「薫さんは嫌じゃありませんか？　子ども、ほしいって思ってたとか……」

「いや。考えてなかったよ」

彼はさらりとそう答えて、たいして興味もなさそうに流してくれた。

本当は子どものことも考えていた……？

何も言わないということは、子どもの有無よりも私との結婚を選んでくれたということだ。申し訳ない気持ちになってうつむくと、彼は慰めるように私の頭をくしゃくしゃと撫で回した。

「他に条件は？」

「いえ……」

「じゃあ、サインしてくれるか？」

薫さんがバッグからホワイトのペンを取り出し、私へ手渡した。

よく見るとすごくオシャレな万年筆だ。クリップやペン先はピンクゴールドでかわいらしい。あきらかに女性用で、彼がこんなものを持っていたことに違和感を覚えつつも、私は婚姻届にサインする。

「やっぱり字、綺麗だな」

惚れ惚れするような声でため息をつかれ、私はペンを止めて顔を上げた。

「実はその万年筆、今日のために買ったんだ。茉莉に使ってほしくて」

「え……？」

ほら、と言って彼がクリップの脇を指差す。言われるまで気づかなかったが、そこには『Matsuri H.』の文字が刻まれていた。

「私のために、わざわざ？」

「書道家に字を書かせるんだ。質のいいもので書いてもらわなきゃ失礼だろ」

だから女性用のデザインだったんだ、と腑に落ちる。筆ペンには気を使っていたけれど、万年筆を使うのは初めてで、そのずっしりとした重みに感動する。

「言っておくけど、そのHは『幡名』じゃなくて『葉山崎』だからな」

薫さんがニッと笑って頬杖をつく。この婚姻届を提出したら、私は幡名茉莉ではなく葉山崎茉莉になる。

「茉莉。もらって」

「はい。薫さん、ありがとうございます」

私はこくりと頷いて、婚姻届を書き終え万年筆を置いた。

「俺が出してくるよ。預かってもかまわないか？」

それはただ婚姻届を預けるだけでなく、人生を預けることを意味している。

もう後戻りができないことは重々承知だ。

「はい」

二十八年間生きてきて、いろいろな人に出会いすれ違ってきたけれど、その中で人生を預けてもいいと思えたのは彼だけだ。

私はこの瞬間、残りの人生を彼とともに歩む決意をした。


夕食を食べに行こうという話になって、私たちは家を出た。

この習字教室は駅まで遠いのが難点だが、駅にさえ着いてしまえばアクセスがよく便利だ。それに、薫さんとのんびり歩く道のりは苦ではなかった。

「何が食べたい？　結婚の記念に高級なものでも食べに行くか？　あるいは、昔ふたりで行った店を久しぶりに辿ってみるのもいいかもしれない」

「それ、いいですね！　じゃあ、薫さんが海外赴任する直前に食べた窯焼きピッツァのお店とかどうです？」

「そうだな。あれからもう六年か。店、まだやってるかな？」

「なんて名前のお店でしたっけ？」

地下鉄のホームで電車を待ちながら、ふたりで携帯端末を覗き込み店を検索する。

「これだよな？　よかった、まだあるみたいだ」

グルメサイトで発見し、私たちは胸を撫で下ろした。私は端末を借りてメニューに指を滑らせる。

「クアトロフォルマッジもあるみたい。よかったー」

「なんだっけそれ」

「蜂蜜をかけるピッツァですよ。忘れちゃったんですか？」

「ああ、チーズたっぷりのヤツ。覚えてる覚えてる」

思い出話に花を咲かせながら、私たちはやってきた各駅停車に乗り込む。

「車で来なかったのは、飲む気満々だったからですね？」

「ピッツァにはワインがいいよなー」

「酔い潰れないでくださいよ」

「潰れたら茉莉の家に泊めてもらう」

「薫さんの自宅の方が近いですよ。まぁ、一応布団はふたつありますんで、うちでもかまいませんけど――」

その瞬間、薫さんの手が私の手首を摑む。ハッとして顔を上げると、彼は引きつった笑みを浮かべながら私を覗き込んでいた。

「なんでふたつ？」

「なんでって……セット商品が安かったので。母が泊まりに来ることもあるかもしれませんし、予備はあった方がいいでしょう？」

「ああ、まぁ……」

彼が私から手を解き、ごまかすように後頭部をかいた。

「男と暮らしてたのかと思った」

「だったらむしろ、ひとつでいいんじゃありませんか？」

なおのこと彼がぎょっとする。まるで実体験のように聞こえてしまっただろうか。

「……暮らしてませんよ？」

「……知ってる」

彼は苦虫をかみ潰したような顔で言う。

「俺も布団はひとつでいい」

「ふたつあるのでご安心を。っていうか、ちゃんと自宅に帰ってください」

薫さんは網棚に手を引っかけ「また流された」なんてため息交じりに呟いた。さっきから何のことを言っているのだろう。

「薫さん？　なんかいじけてます？」

「いや、なんでもない……そういえば、お前の父親に会ったぞ。挨拶してきた」

「えっ……！」

大事なことをさもついでのように言うものだから、私は驚いて彼を覗き込んだ。

「あの、父はなんて……？」

「結婚の承諾はしてもらえた、と思う。あんまりいい顔はしていなかったが」

「そう……ですか」

結婚を祝福してくれなかったのはなぜだろう。薫さんのことが気に食わないのか、あるいは、私の結婚なんてどうでもいいと考えているのか。

「当然の反応じゃないか？　大事に育てた娘を男に奪われるんだから」

「そういうのなら、いいんですけど」

興味を持たれていないのだとしたら、少し悲しい。

電車が大きな駅に到着すると、ホームにたくさんの乗客が並んでいた。目的の駅まであとひとつだけれど、ここから先は混みそうだ。

混雑に備えようと身を竦ませると、突然薫さんが私の腰に手を回し引き寄せた。

「薫さん？」

「混みそうだろ？　まぁ、練習だと思え」

「練習って——ああ」

夫婦の振りをする練習のことか。

ドアが開きたくさんの乗客が降りるとともに、それ以上の人数が乗り込んできて、車内はすし詰め状態になった。私は乗客に潰されることはなかったものの、代わりに薫さんにぎゅうぎゅうに抱き竦められた。

割と遠慮のない抱擁で、彼の胸に顔が埋まる。これも夫婦の練習だとわかっていても、ドキドキと鼓動が高鳴って止まらない。

他に摑まるようなところもなかったし、仕方がないとあきらめて彼の背中に腕を回した。

逞しくて、大きな体だなぁ……。

ずっとこうしていたいと思ってしまう私は矛盾している。結婚をしないと決め、恋愛から逃げて生きてきたのに、彼に触れたいと思ってしまうなんて反則だ。

彼のそばにいると、決意が吹き飛びそうになる。

現に流されるように契約結婚を承諾し、婚姻届にサインをしてしまった。

そのことに後悔はないけれど、これ以上揺らいではダメだと自分に言い聞かせる。

彼への想いが膨らんでいくのを予感しながら、必死に理性を奮い立たせ自分を律するのだった。


おいしいピッツァを思う存分堪能し、ワインも飲んでほろ酔いだ。

お腹を満たし店を出た私たちは、駅へ向かう。時刻はもう二十一時。

「なんだか思い出しますね、薫さんが海外へ行く前のこと」

あの日も雑談を交わしながら歩いていたら、あっという間に地下鉄の入口に辿り着いてしまった。

彼が「懐かしいな」と漏らしながら、私の肩を抱いて歩く。

土曜日の夜は人が多いから、ぶつからないように守ってくれているのだろう。あるいは練習の続きだろうか？

「そういやあそこの書店、行方不明だった茉莉を見つけた店だよな」

「ああ！」

私と薫さんが偶然にも再会を果たした場所。吸い寄せられるかのようにふらふらと足を向け、入口のチラシを確認する。

「今は何のフェアをやっているんだろうな」

「ええと……これは海外の絵本作家ですね」

「残念、ミステリーではなかったか」

しかし、この書店は広いだけあって、フェアでなくてもミステリー小説が豊富に揃っている。

「最近、本買ってます？」

「いや、忙しくて全然」

「せっかくなので覗いてみませんか？」

書店に足を踏み入れた私たちは、フロアの中央にあるエスカレーターを昇る。あの頃と変わらず、ミステリーコーナーは三階にあるようだ。

「古美門ジョージの新シリーズが出たんですよ。外交官宗方修逸《むなかたしゅういつ》シリーズ」

「今度はどんなトラブルに巻き込まれるんだ？」

「アメリカでＣＩＡに追われながらテロの犯人を追いかけて――」

「もはや外交官なのか？　それ」

ふたり揃ってクスクス笑う。すごく人気のシリーズで映画化もされているのだけれど、実際の外交官というものを知っているだけに、現実と比較してしまう。

「実際はもっと地味なのに」

「……まぁ、そうとも言いきれないが」

「え？」

外交官ご本人からそんな意見が出たものだから、私は驚いて目を見張った。

「それなりに国家機密も握るし、危ない橋を渡ることもある。公には言えないようなやり方で情報を収集することもあるし――」

「そ、そうなんですか……？」

そんな話は父からも聞いたことがない。そりゃあ、危ない橋を渡っているだなんて、事実だったとしても子どもに言うわけがないか。

薫さんはこれまでどんな仕事をしてきたのだろう。

まさか、外交官宗方修逸のように、テロの犯人と駆け引きをしたり、情報を得るために敵地へ侵入したり、それこそブロンド美女のハニートラップに引っかかったりしているの!?

――って、さすがにそれはないか。最後のが現実だとしたら、なんだか無性に腹が立つ。

「気になる?」

「……別に。でも危ないことはしないでくださいね。一応嫁が家で待ってますんで」

ムッと頬を膨らませると、彼は面食らったような顔をした。おもむろに私の背後に回り込み、なぜかうしろからぎゅっと抱きしめてくる。

「ひゃっ……な、なんなんですか!」

「茉莉がいじけたから」

「い、いじけてませんよ!」

ブロンド美女のハニートラップに引っかかる薫さんを想像して腹が立っただなんて、とても正直には言えない……。

「それに、思いのほか『嫁』って響きがかわいく感じられてキュンときた」

さらに愛でるかのように擦り寄られてまいってしまう。

「や、ちょっ……こ、こんなところでふざけないでくださいよ……!」

じたばたと身をよじって、悪ふざけする薫さんを振りほどいた。

「もう、いっつもそうやってごまかして……私は本当に心配しているんですからね」

平積みされた本の中から話に上がった一冊を手に取って、ペラペラとめくる。

CIAとの追いかけっこはないにしても、危険に巻き込まれることなら現実に充分にあり得る。

「……話しましたっけ。父が海外赴任したときの話。紛争が起きて——」

父の赴任していた国で宗教絡みのクーデターが発生し、治安も悪化し酷い状態に。命の危険が迫り在留邦人に帰国命令が出た。邦人を大使館で保護し、飛行機に乗せて日本へ送り返す、それが父の仕事だったのだが——。

「——父ったら、最後のひとりを日本に送るまで残るのが外交官の仕事だからって、なかなか帰ってきてくれなくて」

パンと本を閉じる。私たち家族は早く帰ってきてほしいと祈るような日々を過ごしていた。死んでしまったらどうしようって心配で仕方がなかった。

「お父さんは正しい。俺たちの仕事は現地の邦人の保護だ」

「でも、私たちはすぐに帰ってきてほしかった……」

日本で家族が待っているというのに、命の危険を顧みない父が信じられなかった。すごくもどかしくて、悲しくて、まるで捨てられたような気分になった。

「それでも、茉莉は外交官を目指していたんだよな。どうしてだ？」

「それは……」

父の背中を見て、価値のある仕事だと感じたからだ。不満を感じながらも、父が正しいことはわかっていた。父のことが誇らしかった。

……今となっては、もう何が正しいのかすら、わからなくなってしまったけれど。

「薫さんは危険なことしないでくださいね。何があってもしぶとく生き残って――」

そう厳しく忠告しようとしたのに、顔を上げると彼は穏やかな笑みを浮かべて私を見下ろしていた。

「本気で心配してくれてるんだ」

「当然じゃありませんか！　一応妻になるんですよ、いきなり未亡人にさせるつもりですか」

すると、彼が私の肩に手を回し、そのまま力強く引き寄せた。

さっきから薫さんたら人前でじゃれついてきて、何を考えているの？

「っ、今度のハグはなんなんですか!?」

「嬉しくて。茉莉と結婚してよかった」

「……っ」

思わず言葉に詰まる。そういうことを真顔で言わないでほしい。私たちは利害重視の契約結婚なのだから、甘い台詞は禁物だ。

じたばたともがくが、今度のハグは先ほどよりも強力で、絡みついた腕が全然離れてくれなかった。

「茉莉を悲しませたりしない。約束する」

目を閉じたまま低い声で囁かれ、ふざけているわけではなく真剣なのだと悟る。

「……そうしてください」

愛だとか、夫だとか、そういう小難しいことを抜きにして、彼が死ぬなんて絶対に嫌だ。

しばらくすると彼は体を離し、私の手の中にある本を持ち上げた。

「たまには読んでみるかな。他にお薦めは？」

「ええと……あ、コレなんかいかがです!?　新人作家なんですけど、トリックに不自然さがないというか、とにかくうまく騙されたなぁという感じで――」

ふたりの間に漂っていた深刻なムードを吹き飛ばすかのようにまくし立てる。

彼は私が薦める本を三冊購入して店を出た。

私を家まで送り届けてくれた薫さん。時刻はもう二十三時に近くて、一応泊まっていくかと尋ねてみたけれど、彼は苦笑しながら今日はやめておくと答えた。

「もう少しそばにいたい気持ちはあるが、焦らなくてもすぐに一緒に暮らせるようになるから」

彼は玄関の鍵を開ける私をじっと見守っている。今日は時間が遅いから、私が家に入って施錠するまで見届けてくれるそうだ。

「今日はありがとうございました。婚姻届、お願いしますね」

「もちろん。自宅を片付けて茉莉の部屋を準備しておく」

もうしばらくしたら薫さんの家に引っ越す予定だ。彼の勤める霞が関から数駅のところにある立派な高層マンション。帰国に合わせて購入した新築物件らしい。

まだ一度も行ったことはないが、夜景の写真を見せてもらったらすごく美しくて、それだけでその部屋の格がわかった気がした。

「なぁ、茉莉」

神妙な顔で尋ねてきた彼に、私はきょとんと首を傾げる。

「スキンシップに慣れてほしいって言ったよな」

彼はこちらに手を伸ばし、指先で私の頬をなぞる。思わずぴくんと体が揺れた。

夫婦の練習をしていたときとはまた違った空気を感じ取り、鼓動が少しずつ速くなっていく。

「どこまで許してくれる？」

彼が一歩を踏み出して、私との距離を縮める。げんこつふたつ分くらいの間隔を空けて私たちは向き合った。

なんだか落ち着かなくて、私は自分の肩を抱いて小さくなる。

「どこまでって、どういうことです？」

声が裏返ってしまいそうだ。緊張からぎゅっと唇を引き結ぶと、彼の顔がゆっくりと近づいてきて、私の左頬に触れた。

頬と頬をくっつける――これは挨拶の一種かな？　チークキスってヤツ？

やがて彼は顔の角度を変え、頬にそっと口づけした。これも欧米ではよくある挨拶なので、いちいち大騒ぎするようなものではない。

が、私の心臓は盛大に高鳴っていた。

「頬はいいんだ。じゃあ、唇は？」

わずかに顔が離れ、彼の整った顔が正面にくる。その涼しげな眼差しは微塵も動じていないように見えた。

それは慣れているから？　それとも、何も感じていないから？

彼は指先で私の顎を押し上げ、ゆっくりと唇に唇を近づけていく。

――本当にキスするつもり？

唇へキスをする挨拶も、欧米では確かに存在していて、軽く口の先を触れ合わせる程度なら騒ぎ立てるほどのことではないのかもしれない。でも――。

「唇は……ダメ」

彼の胸に手を突っ張ると、彼はごくりと喉を上下し顔をしかめた。

「俺のことが生理的に受け入れられない？　それともキスという行為自体が嫌？」

押し殺した声で尋ねてきた彼に、違うと首を横に振る。

「そういうことじゃなくて」

彼のことが嫌だとか、キスが嫌いとか、そういうことではない。

キスは好きな人とするもの。だからキスをしたら――それが心地いいと感じてしまったら、彼のことが好きだと認めることになる。

「恋愛が……ダメなんです」

キスをしたが最後、きっと恋に落ちてしまう、そんな予感がする。

私の脆い理性なんて、口づけに溶かされ消えてしまうだろう。

「それ以上は、やめてください」

顔を伏せると、彼は私から手を離し距離を取った。

「わかった」

短くそう答え、一歩、また一歩と私から遠ざかる。

「怖がらせて悪かった。もうしないからそんな顔はするな」

指摘されて、初めて自分が酷い顔をしていることに気づく。

頬は熱く火照り、口は真一文字、目を合わせることもできない。

彼を変に意識して妙な顔になってしまっているのだが、そんなことを知らない彼は私が怯えていると思ったらしい。

「だいじょうぶ、です」

ゆっくりと顔を持ち上げると、少し離れたところに困った顔で微笑んでいる彼がいて、いたたまれない気持ちになった。

「おやすみ、茉莉。今夜はゆっくり休んで」

彼は早く行きなさいとばかりに、顎をくいっと反らす。

私は玄関に入ると、「おやすみなさい」と小さく手を振って、ドアを閉めた。

鍵をかけ、いつの間にか浅くなっていた呼吸を整える。

もしもあのままキスしていたら、どんな感触がしたのだろう。気持ちがいいと感じただろうか？

……想像しちゃうとか。私、どうかしてる。

ぶんぶんと首を横に振って動揺する気持ちを追い出す。

恋愛はしない。キスなんてほしくない。言い聞かせるように頭の中で繰り返した。

第四章　熱情を隠して

二十三時の静かな住宅街。閉じられたドアを見つめ、俺は腕を組みひとりごちる。

「断られた、か」

あのままキスしてしまえば、勢いで男女の関係に持ち込めるのではないかと期待したのだが。

予想通りガードは堅く、唇へのキスは許してもらえなかった。

「強敵だな」

茉莉は俺のことを信頼しているし、好感を持たれている自信もある。

だが、決して踏み込むことを許してはくれない。両親の離婚で植えつけられたトラウマが強すぎて、理性という名の牙城を崩せない。

「……茉莉。今日、俺は何度お前にフラれたと思う？」

思わせぶりな台詞を吐いては撃沈した。腰に手を回したり、抱きしめたりしてはごまかされ、真剣に取り合ってはもらえなかった。

押しても揺さぶっても巨岩のごとく動かない。

――『危うく惚れるところだった』――

自らの言葉を思い返し自嘲する。

「もうとっくに惚れてるって」

でなければこんなまどろっこしいやり方で求婚するものか。

『結婚してくれ』と言えば早いのに、それでは納得してもらえないことが目に見えていたから、遠回しに〝契約結婚〟を提案した。

「俺はただ、お前と愛し合いたいだけなんだが……」

彼女の自宅に背を向け、のんびりと思案しながら誰もいない路地を歩く。

幸いにも彼女を独占することができた。結婚してしまえば、もう俺以外の誰かのものになることはない。

彼女と離れていた六年間は穏やかではいられなかった。あの頑なな彼女が簡単に恋人など作ることはないだろうと予想はしていたが、万一、横から掻っ攫われたらどうしようかと気が気ではなかった。

だがもうその心配はない。彼女を結婚という名の檻に閉じ込めることに成功したのだから。ゆっくりと時間をかけてその心を奪っていけばよい。

名実ともに彼女の夫となるために。

――いつか必ず、落としてやる。

いつからだろう、彼女に対してここまでの熱情を抱くようになったのは。最初は淡い好奇心だったはずなのだが。

出会いは大学のサークル活動。しかも、彼女とは共通点が多かった。

帰国子女で第二言語はフランス語。父親はともに官僚で、俺たちも同じような道を目指していた。親近感が湧くには充分だった。


大学の頃、俺たちが所属していたのはミステリー研究会。

活動内容はミステリー小説の批評や創作活動。俺を含む大半の部員は前者だが、一部の部員は自ら小説を書いていて、コンテストに応募するための原稿の評価や助言を頼まれることもあった。

熱心にサークル活動に参加していたわけではなかったが、授業の空き時間に部室を使えるのは魅力的だった。外にいると誰かしら話しかけてきて――特に女子に囲まれると面倒で――のんびりしたいとき、部室は格好の隠れ家だった。

うちのサークルは少々排他的で、『素敵な先輩がいるから入ってみようかな～』なんてやましい理由で門戸を叩く入部希望者は、代々受け継がれてきた厳正なる入部審査ですべて落とされる。

おかげで部室に入ってしまえば騒がれることもなく、俺としては助かった。人付き合いを無理強いするような部員もおらず、部室で顔を合わせてもほどよい距離感で接してくれる。

たとえば、テーブルの端と端でお互い別のことをしていても気にならず、気が向けば世間話を交わすような——ひと言で言えば、居心地のいい連中だった。

そんな大学三年の春。

わざわざ早起きして一限目から来たというのにフランス文学の講義が休講で、仕方なく部室に足を運んだ。

こんな朝から部室を訪れるヤツなどまずいない。部屋を占領し、悠々と朝食を食べながらレポートを書いていると。

カチャ、とドアノブを回す音が聞こえ、反射的に顔を上げた。

「あ、よかった、鍵が開いてる！」

そんな声をあげて入ってきたのは、かわいらしい印象の女の子だった。確か部長のお気に入りの一年生だったか？　名前は……忘れた。というか、そもそも覚える気がなかった。

「あ、ごめんなさい、いらっしゃったんですね。だから鍵が開いてたんだ……」

彼女は俺を見ると、慌ててキャンバス地のトートバッグを抱きしめた。

プラスティック製のキャリングケースも抱えていて、なんだか重そうだ。

三年にもなるとあらかた単位を取り終えるし、慣れてもくるから比較的持ち物も少ないのだが、一年生は授業が多くて大変なのだろう。

「こんな時間から部室？」

俺が自分のことを棚に上げて尋ねると、彼女は困った顔で笑った。

「講義が休講になってしまって……ここにいてもいいですか？」

その子は肩まである癖の入った黒髪をふんわりと揺らしながら首を傾げる。

服はブラックのワンピースにゆったりとしたベージュのカーディガン。顔は整っているがメイクが薄いせいか色合いに乏しく、地味な服の色も相まって、薄幸そうな印象だ。

文学かぶれの部長は『飾り立てない天然の美に好感が持てる』と回りくどい形容の仕方をしていたが。つまり素朴と言いたかったのかと得心する。

「もしかして、フランス文学？」

俺が尋ねると、どうやら当たりだったらしく、彼女は表情をパッと明るくした。

「先輩も受講されてるんですか⁉」

「ああ。だが、あれを受講する一年がいるなんてちょっと驚きだな」

何しろ講師のエマ先生は説明の中にナチュラルにフランス語を混ぜ込んでくることで有名だ。よほどフランス語に慣れていないと聞き取ることすら厳しいのだが。

そうとは知らずに受講したのか、あるいは――。

「あの講義、難易度が高いとシラバスにも書いてあっただろう。ついていけてる？」

尋ねてみると、彼女はほんのり頬を赤くしてはにかんだ。

「フランス語は割と得意なので大丈夫です。昔、父の仕事の関係でフランスにいたことがあって」

「へぇ。お父さんの仕事って？」

「外務省の専門職員です」

「なるほど、外交官か。君も将来はそっちに？」

「はい、そのつもりです！」

「じゃあ俺と一緒だ」

それ以来、彼女とはよく行動をともにするようになった。フランス文学の講義も並んで受講し、空き時間が重なったときには部室で他愛のない話をして過ごす。

彼女はあどけなく純粋だが、女性らしい淑やかさも持っていた。

幼い頃に茶道や華道、書道を習っていたと聞いて、伝統文化で培われた上品さなのだと納得した。

人の話をうんうんと聞く素直さもあるが、自分の意見も持っていて芯がある。

男性部員たちからはアイドルのように扱われており、色恋沙汰に縁がなかった堅物部長さえも「軽々しく幡名さんに手を出すなよ！」と周囲を牽制していた。

他にも女性部員はいたし、中にはミスキャンパスの候補に挙がるような容姿を持つ女性もいたけれど、話しかけるのを躊躇われるような美人より、人懐っこくて愛想のいい彼女の方が部員たちの心を引きつけたのだろう。

ある日の部室で。

「私、この作品は納得できないんです」

彼女の手に握られていたのは一冊の本。今年一番話題になったミステリー小説だ。映画化やドラマ化なども決定している。

「珠玉の名作とか呼ばれてるのに、ケチをつけるとは度胸があるな」

彼女は慌てて手を振って、ケチをつけるわけじゃありませんがと前置きする。

「トリックが運任せというか、ご都合主義すぎるというか」

「結構ズバッと言うな」

彼女は遠慮しつつも、言いたいことは呑み込まず、最後まできちんと言うからおもしろい。

「一ノ瀬《いちのせ》があそこで二階堂《にかいどう》を見殺しにするところが納得できないんです。一ノ瀬の性格なら救急車を呼んでもおかしくないんじゃないかなって」

「そうか？　いかにも他人を見殺しにしそうなキャラだと思ったけど。そこを黒幕だった精神科医が突いたって解釈でいいんじゃないか？」

「でも、一ノ瀬はなんだかんだ周囲を気にかけて世話を焼いているんですよ？　本当はもっと根が優しい人なんだろうなって」

小説の該当箇所を開きながら「ほら、ここ！」なんて言って俺に見せる。

「じゃあ、幡名の中でこのミステリーの結末は？」

「……一ノ瀬が救護して、助かった二階堂と心が通じ合う」

「それじゃあミステリーじゃなくてラブストーリーじゃないか」

思わず吹き出した。黒幕に駒として使われるモブキャラにまで感情移入するとは、どこまでお優しいんだか。

「幡名にはミステリー小説を書かせない方がいいな。登場人物が全員善人で殺人が起きない」

「……正直、部長の書くミステリーを読ませてもらうと驚愕します。どうしてあんなにサクサク人が死ぬんだろうって」

そこへ、ちょうど授業を終えた部長が部室に入ってきた。

俺と彼女がふたりきりでいると、部長は露骨に嫌な顔をする。俺の毒牙にかけられるとでも思っているのか。女たらし扱いするのはいい加減やめてほしい。

一応俺は気を使い、眉間に皺を寄せてこちらを睨んでいる部長を話題に巻き込んだ。

「幡名が、部長の書く小説は人が死にすぎって言ってますよ」

突然生贄にされた彼女は「え、や、違うんです！　いや、確かに言いましたけどっ」と手をバタつかせる。

彼女の視線を受けて、途端に部長の目元が綻んだ。

「まぁ、心優しい幡名さんには、俺の退廃の美学はわからないだろうな。むしろなんでミステリー研究会なんて入ったの？」

「え!?　私、ミステリー好きですよ……？」

「好きな作家、古美門ジョージだったっけ？　あの人、いかにもなロマンチストだもんな。性善説の塊みたいな幡名さんにはちょうどいいか」

そこへ後輩の堀田《ほった》が部室に入ってきて、「何の話をしているんですか～？」とふたりの会話に割り込んだ。

俺と部長が話していたって堀田は入ってこない。そこに彼女がいるからだ。

いつの間にか彼女――幡名茉莉は部の中心にいて、人物相関図のハートの矢印を独占していた。

四年になり卒論を終えたあとも、俺はたびたびキャンパスに足を運び、部室に顔を出した。

しかし、卒業まであと数カ月という頃、ぱったりと幡名の姿が見えなくなった。しばらくすると、サークルの顧問から幡名が自主退学をしたと聞かされた。

気づけば彼女の電話やメッセージアプリも解約されていて、連絡手段はゼロ。

当時の部長は名簿の緊急連絡先から幡名の住所を確認してわざわざ家まで見に行ったそうだが、ポストには郵便物がたんまり溜まっており、人が住んでいる気配がなかったという。

現実にミステリーが起きたかのようだった。

一時部内は騒然とし、各々落胆もしていたようだが、月日が経つにつれ幡名のいない日常が当たり前のように馴染んでいった。

やがてサークルは、俺が入部した頃のような個人主義の集団に戻り、俺はそのまま大学を卒業した。

社会人一年目、外務省に入省した俺は、業務と語学研修をこなしながら忙しく働いていた。

それでも心のどこかで幡名のことが引っかかっていたのだと思う。

彼女が失踪して一年経ったある日、通りかかった大型書店で古美門ジョージフェアのチラシを見つけ、彼女のことが再び頭をよぎった。

彼女は古美門ジョージのファンだと言っていた。売り場で張っていれば現れるのではないか――いや、現実的ではない。来るかどうかもわからない相手を延々と待つなど、まるでストーカーだ。我ながら気色の悪いことを考えたものだ。

それでも吸い寄せられるようにして立ち寄った売り場で、偶然にも彼女の姿を見つけたときには、これは夢ではないかと疑った。無神論者の俺ですら神と運に感謝した。

彼女は、ベージュのジャケットに黒いパンツを穿いていて、仕事帰りのような格好をしている。相変わらず化粧っ気はないが、髪はうしろできちんと束ねられていて、以前とは違う落ち着いた印象を受けた。

とても学生には見えなかったから、うちの大学を辞めて別の大学に編入したわけではなく、働き始めたんだなと推察する。

「……幡名？」

恐る恐る声をかけると、彼女はこちらに振り向いて驚いたように目を丸くした。

「葉山崎先輩!?」


幡名の新しい連絡先を手に入れた俺は、今度こそ逃げられないようにとこまめに連絡を取った。奢るからと強引に彼女を呼び出しては食事に付き合わせた。

一年近く経ったある日のこと。彼女の誕生日だと聞いた俺は、自宅に招き手料理を振る舞いプレゼントにネックレスを渡した。

自主退学の理由について家庭の事情だと濁していた彼女。ここまでされて黙っておくのは気が引けたのか、ようやく詳しい理由を話してくれた。

「両親が離婚して――私は母と一緒に働くことになって――」

この二年の間に自分の身に起きたことをポツポツと語ってくれた。

男に走った母、父は金だけ支払って責任を放棄しようとしている。

もう誰を信じればいいのかわからない。とにかく現状お金がなく、働くしかない。

嫌なことを思い出してしまったのだろう、彼女は混乱して、ソファに座りながら体の震えを押さえ込むように自身の肩を抱いた。

小さくなったその体に俺は手を伸ばし、彼女の代わりに抱き支えてやる。

ひとりで抱え込むのはつらかったに違いない。

「言ってくれればよかったのに。話を聞くくらいなら俺にもできた」

「言えなくて。みんな将来のために頑張っているのに、自分だけ逃げ出したなんて」

「家のために仕方なく、だろ」

「それもありますけど、私自身、よくわからなくなってしまって。何のために、何を目指して頑張ればいいのか……」

首筋に回る俺の手にきゅっとしがみつきながら震える彼女。愛おしさを感じるとともに、何もできなかった自分が情けなくなる。

俺が彼女にとってもっと大きな存在であったなら、ここまでズタボロになる前に頼ってもらえただろうに。

「両親が信じられないなら、これからは全部俺に言え。俺が代わりに支えてやる」

「……先輩に迷惑をかけるわけには」

「先輩に頼るのは気が引けるか？　なら、俺との関係はなんでもいい。友人でも、親代わりでも……恋人でも」

どさくさに紛れて彼女の顎を押し上げる。ここで唇を奪うのは姑息だろうか？

だがそれで彼女の心の支えになれるのなら、結果的に俺も彼女もWin-Winだろう？

「幡名が望むなら、俺が恋人になってやる」

キスを落とそうとおもむろに顔の距離を縮めていくと。

「――ダメ！」

胸に手を突っ張られ体を押し返された。想像以上に激しく拒まれたことに驚いて、俺は腕を解く。

「私、恋人を作るつもりはないんです。両親のことを見てたら、愛し合うなんてとてもじゃないけど怖くて……」

彼女の言葉に息を呑む。まさか恋愛不信に陥っているとは思わなかった。

「幡名。世の夫婦がみんな離婚するわけじゃない。お前の両親は一例にすぎない」

「それでも嫌なんです。恋人になったら、私と先輩の関係に終わりが見えちゃうじゃないですか」

始まる前から終わりを見据えられたことにムッと眉を寄せる。いずれは破局すると確信しているということか。

彼女の頭の中には恋愛が発展して終わりのない愛、つまり結婚に至るという発想はないようだ。

「それに先輩だって同情でそんなことしちゃダメです。先輩は私に優しすぎるんですよ……」

優しくなんかないと心中で吐き捨てる。今だって、彼女のことを思いやる振りをして、本当はもっと独善的で狡猾なことを考えていた。

彼女を自分に依存させてしまえばいい、そうすれば独占できる。

だが、ここまできっぱり恋愛しないと言われては、交際を申し込んでも断られて終わりだろう。せっかく距離を縮めたというのに、また姿を消されてはたまらない。

「恋人が嫌なら、友人でいい。他人を頼ることを覚えろ」

「他人を……頼る？」

「俺のことだけ信じてろ。俺は裏切ったりしないから」

刷り込むように囁き続け、彼女の頭を掻き抱いた。

動揺していた彼女だったが、やがて力を抜いて俺に身を任せてくれた。

さっそく彼女を裏切ってしまわないように、抱擁以上のスキンシップはせず、その日は大人しく彼女を家へと送り届けた。

――『俺は裏切ったりしないから』――

皮肉なことに自分が発したその言葉が仇となり、彼女への想いを伝えることが叶わなくなってしまった。伝えた瞬間、それは恋愛をしたくないという彼女への裏切りとなる。

それでもいつかは手に入れたくて、海外赴任していた六年もの間、ずっと彼女の存在に囚われ続け――。

今やっと、契約結婚という最終手段を使って彼女を自分のものにした。

だが、肝心の彼女の心が置き去りにされている。

時間をかけて彼女に歩み寄り、そのトラウマを引き剝がすほかないのだ。

俺が茉莉の父親、幡名健介《けんすけ》に会ったのは約一カ月前。彼女の母親に挨拶をした直後だった。

幡名健介という男は、外務省ではそこそこ名の通った人物である。ノンキャリアにして敏腕と謳われ異例の出世を遂げ、次期局長との呼び声もあるほどだ。

なぜ彼がそこまで成功したのかといえば、苦労を厭わない性質であり、できの悪いキャリア組の尻拭いを買っていたからだろう。

手柄こそ上に持っていかれたが、恩と人脈は彼の手元に残った。活躍の功績も公にこそならないものの伝承のように語り継がれ、外務省の苦労人として知られるようになったわけだ。

俺は上司の伝手で彼にアポイントを取った。『茉莉さんとお付き合いをしています』と説明したら、すぐに都合をつけてくれた。

懐石の席を用意しようとしたのだが、逆に近所の喫茶店を指定され、恩を売らせない、懐柔されないという意思をはっきりと示される。一筋縄ではいかない予感を覚えつつ、待ち合わせ場所の喫茶店へと向かった。

約束の十五分前に着くと、幡名健介はすでに座ってコーヒーを飲んでいた。

既製品のスーツ、よれたシャツ、白髪交じりの髪、くたびれた靴。昨晩家に帰れたのか心配になるような身なりをしている。外務省は配属先にもよるが、ブラックな残業を迫られる場合が多い。

テーブルの前で深く頭を下げると「座ってくれ」と早々に本題を促された。

相手が年下であっても、いずれは自分より上の立場になることがわかっている。下手に出てごまをする職員も多い中、媚びることのない幡名健介の態度はいっそ清々しかった。

「茉莉さんとお付き合いをさせていただいています。お父様に結婚のお許しをいただきたいと――」

「私はもう、娘の結婚に口を出せる立場ではないよ」

彼はそう口にしたが、表情からは不満がありありとうかがえる。どんな男かもわからないのに、そう簡単に認められないということだろう。

「離婚のことは茉莉さんから聞いています。ですが、茉莉さんを長年育ててくださったお父様ですから、許可を求めるのが筋かと思いました」

「葉山崎薫くん。お父上は厚生労働省の審議官だそうだね。縁談の噂もいくつか耳にしたよ。特に旧財閥本山《もとやま》家との縁談には驚かされた。政界の名門とも呼ばれる家系だからね。そのお嬢様と結婚とくれば、お父上も安心だろう」

――調べられている。さすがは敏腕と名高い外交官、情報収集は抜かりがないということらしい。

「ところで、茉莉との結婚については、お父上から反対はされなかったのかね？　本山家のお嬢様と結婚する選択は、君にはないのか？」

言い回しこそ優しいが、その実、詰問なのだろう。父親は反対している。良縁もある。君はどう収拾をつけるつもりなのか？　と。

正直なところ、まだ父親には茉莉との結婚のことを報告していない。実際、反対されるのが目に見えていたからだ。だが策がないわけではない。

「問題ありません。父は私の意見を尊重してくれています」

彼ははったりだと気づいたようだが、俺を泳がせることで見定めようとしているのだろう。反論はなかった。

「茉莉の母親はいい顔をしなかったはずだ。この仕事と家庭の両立は難しい」

「ええ。ですが茉莉さん本人は外交官という職業に嫌悪感を抱いていないので」

彼は意外といった顔でぴくりと目の端を引きつらせる。

「茉莉さんはお父様のことを尊敬していらっしゃいます。離婚のことで混乱はしているようですが」

実際そうなのだろうと思っている。父親を疑う根底には、信じたいという希望があるのだろう。

俺の言葉をどう受け取ったのかはわからないが、彼は椅子を引いて立ち上がる。

「言っただろう。私は賛成も反対もできる立場ではない」

そう言ってコーヒーを飲み干し、千円札を置いて店を出ていってしまった。

……ダメとは言われなかったよな。

祝福はされなかったが、反対もされなかった。筋は通したとポジティブに解釈することにする。

彼の言う通り、問題は自分の父親をどう説得するかだ。父は俺が良家の子女と結婚することを望んでいる。

禁じ手を使うしかない。覚悟を決め、数日後、俺は実家にいる父親のもとへ足を運んだ。

父親の執務卓に写真をバラまいた。いずれも父と女性のツーショットで、相手の女性は秘書官だったり銀座のホステスだったり、中には現役の議員もいる。場所は父が懇意にしている有名ホテル。駐車場や部屋の前、中には窓辺なんてものもあり、カメラマンの執念がうかがえる。高い金を払っただけのことはあった。

「どういうつもりだ」

怒りをかみ殺す父親をしらっと受け流し、俺は肩を竦めた。

「これを母が見たらどう思うだろうな」

答えはわかりきっている。正解は『決して見せてはならない』。

うちの母親は普段こそよき官僚の妻であるが、本気で怒ると何をしでかすかわからないサイコな一面がある。

現に十年前、父親の浮気を知った母親は、父と一緒に出席するはずだった重要な晩餐会をすっぽかし男と国外逃亡した。

晩餐会の日、男とバカンスしている母の写真が上司に送りつけられ、父は弁明を求められた。写真を送りつけたのは母自身だろう。自分の身を切って相手に仕返ししようというのだから恐れ入る。

「ふざけているのか……！」

さすがに父は激昂した。が、それだけ譲れない事情を俺も抱えているのだと理解してほしい。

「交換条件だ。結婚を認めてくれるなら、すべて破棄すると約束する」

「そんなくだらないワガママを言うために父親を脅すとは……！　恥を知れ！」

「俺がマスコミから写真を買い占めて口止めまでしたんだ。感謝こそすれ、非難されるいわれはない」

当然、俺がカメラマンに依頼したとは言わない。カメラマンの男は信頼できるビジネスパートナーで、俺以外に情報を漏らすこともない。

「自身の脇の甘さを反省するんだな。十年前の教訓がまったく活かされてないとは」

こんなものは氷山の一角にすぎないだろう。我が父ながら嘆かわしい。

さすがに父は黙り込んで、血走った目で俺を睨んでいる。

「どこの馬の骨と結婚しようってわけじゃないんだ。官僚の娘で書道家をしている。それなりに礼節は心得ている女性だから安心してくれ」

俺がにっこりと笑うと、父はあきらめたように短く息をついた。

「調べさせてある。父親はノンキャリアで離婚経験あり、本人は大学中退だろう」

いつの間に俺のあとをこそこそ付け回っていたのだろう、軽く腸が煮えくり返ったが、笑顔を崩さず対応する。

「知っているなら話が早い」

「そうじゃない！」

父がダン！　と執務卓に拳をぶつける。その瞬間、バラまいた写真がふわりと浮き上がった。

「恋愛結婚を否定する気はない。だがせめて人は選べ！　お前の妻はその辺にいる一般人では務まらないだろう」

外交官の性質のことを言っているのだろう。ともに国外へ出向き外交をしなければならない。最終的には、日本の政治の裏側を支える存在になる。

「問題ない。英語も、華道も、茶道も、書道も、その気になればフランス語だって話してくれる。日本の文化に精通しているのが大使の妻の条件だろう」

「知識と実践は違う。教育だけ受けた中途半端なお嬢様が、実際に外交パーティーに出て使い物になると思うのか!? 幼少から鍛えあげられている本物の良家の子女とは違うんだ！」

「良家の子女とは、母のようなエキセントリックな女性のことを言っているのか？」

父親がぐっと押し黙る。良家の子女に痛い目を見せられたのは他でもない父だ。

「問題ない。彼女は肝が据わっている。無理なら、俺が育て上げてみせる」

今度は俺が執務卓に手のひらを叩きつける。その下にあるのは、父親の浮気現場の写真。

「異論ないよな、父さん」

にっこりと笑って尋ねると、父は押し黙り、これ以上反論することはなかった。

第五章　夫は妻とイチャイチャしたい

一カ月前。薫さんは私にキスをしようとした。

ひとりでいると考えてしまう。あのときは咄嗟に拒んでしまったけれど、もしも受け入れていたら、ふたりの関係はどうなっていたのだろう？

ガラスに片手をついて、階下の夜景をぼんやりと見下ろしながらそんなことに思いを巡らせる。

一歩うしろに下がると、部屋着姿の私が窓ガラスに映り込んだ。うしろには立派なソファと大きなテレビ、モダンなダイニングテーブルが置かれている。

この広々とした豪華なリビングは、霞が関から数駅のところにある高層マンションの二十五階。薫さんの自宅だ。

二週間前、とうとう私たちは婚姻届を提出し、晴れて夫婦となった。同時に私は生活の拠点をここに移し、薫さんとの結婚生活をスタートさせた。

リビングの手前には私の部屋、奥には彼の部屋。さらに奥には客間があって、ふたりで暮らすには充分すぎる広さがある。

住み心地はもちろん、設備が整いすぎて文句のひとつもないのだが、いまいちしっくりきていないのはまだ住み慣れないせいか。

今日の午前中は近所を散策し、午後からは習字教室に移動して書道の仕事をこなした。引き続き習字教室に使っているあの一軒家は、古いながらも心落ち着く。この家に慣れるにはまだしばらくかかりそうだ。

帰宅したのは夜だったが薫さんの帰りはもっとずっと遅く、この二週間、二十三時前に帰ってきたためしがない。

朝も早くから朝食を食べずに出かけてしまうことが多くて、気がついたらすでにいなかったなんてこともしばしば。

必然的に私はこの家にひとりぼっちだ。このまま一生すれ違いの生活を送るのかな？　なんて思うとちょっぴり寂しくなってしまう。

今日も彼が帰ってきたのは二十三時を過ぎた頃だった。

「ただいま。茉莉はもう寝るところか？」

「いえ。もう少し起きているつもりでした」

「なら、少し付き合ってくれ」

彼は自室に向かい、バッグとジャケット、ネクタイを置いてくると、シャツとトラウザーズ姿で戻ってきた。

「先にシャワーを浴びなくていいんですか？」

「そしたら茉莉が寝ちゃうだろ？」

いつも彼は帰宅後、まずシャワーを浴びるのに、私を逃がさないために我慢してくれたらしい。

「待っていますよ」

「なら、先にシャワーを浴びてくる。出てきたら少しだけ一緒に寝酒しよう」

そう言って彼はバスルームに向かう。私は帰ってくる頃合いを見計らって、おつまみにと買っておいた高級チーズと生ハム、マスカットをガラスのお皿に並べる。

シャワーから上がってきた薫さんは、ローテーブルに並ぶおつまみを見て目を丸くした。

「それはいい嫁すぎるだろ」

「気に入ってもらえました？」

「もちろん。付き合いが長いだけあって、俺の好みをよくわかってるよな」

「よかった。豪華なおつまみ買っちゃったから、気に入ってもらえなかったらどうしようかと」

薫さんからは食事や家のものを買うときはこれを使ってと、クレジットカードを渡されている。

私ひとりなら節約生活をするけれど、彼にも節約を強いてはかわいそうなので、おつまみは素材重視で高級なものを選んだ。

「好きに買ってもらってかまわないよ。どうせ茉莉はそこまで豪遊するタイプじゃないだろ」

薫さんがワイングラスをふたつ用意する。小型のセラーから取り出してきたのは白ワインだ。

グラスにワインを注ぎながら、彼は申し訳なさそうに切り出す。

「謝りたいと思っていたんだ。せっかく一緒に暮らし始めたのに、ほとんど家にいられないから」

「大丈夫ですよ、そういう仕事だってわかってますから」

時間に余裕のある生活を送れるようなら、そもそも私を選ばずにきちんとしたお嫁さんをもらっていたはずだ。

「そのための契約結婚じゃありませんか」

私が『契約結婚』という言葉を使うと、彼は少しだけ気落ちした様子で苦笑いを浮かべた。

「そうかもしれないが……結婚を後悔させたくない。逆に俺がいない方が気楽っていうなら堂々と残業してくるが」

「気楽とは言いませんけど、堂々と残業してもらってかまいませんよ。以前はひとり暮らしでしたから、ひとりでも苦になりませんし――」

そりゃあひとりは心細いけれど、かといって早く帰ってこいだなんて彼に強制したくない。それに、結婚しなければどっちにしろ私はひとりだったんだもの。

そういえば、大学の頃はたくさんの人に囲まれて楽しかったな。部室に行くと、みんなが優しく話しかけてくれた。

何より葉山崎先輩が――薫さんが、いつも私にかまってくれるから。それを楽しみに私は部室に足を運んでいた。

「一日の最後に薫さんの顔を見られるだけで、結構幸せかもって思ってますよ」

昔も今も同じだ。薫さんからひと声かけてもらえるのが嬉しくて、毎日決まった場所で彼が来るのを待っている。

「私って結構お留守番向きなのかも」

「いや、そんなんで満足しないでくれよ」

呆れた顔で薫さんがソファの隣に座った。両手に白ワインの入ったグラスを持ち、そのひとつを私に差し出す。

「茉莉は俺のパートナーだ。そりゃあまあ契約結婚ではあるが。それでも俺のお嫁さんだよ」

突然、彼が顔を近づけてきて、私の頬にキスを落とした。「ひゃっ」と声をあげると、彼は「頬はオーケーのはずだろ？」と言って私の肩を抱く。

「あの……薫さん」

ギクシャクとたじろいで彼とは反対の方向に体を逃がそうとすると。

「夫婦ごっこがそんなに嫌か？　やっぱり茉莉は俺のこと、生理的に無理？」

なんだか悲しそうな顔で尋ねてくるものだから、いたたまれなくなって「そうじゃありませんけど……」と自ら彼の胸元に収まった。

夫婦ごっこ。これは夫婦ごっこなのだと自分に言い聞かせる。でないと心臓が爆発してしまいそうだ。

「妻を抱いてワインとか、いいもんだな。普通だったらこのままベッドへ行くんだろうが——」

「行きません」

「はいはい、わかってる」

薫さんは呆れたように答えてワインをごくりとひと口。

私も唇を湿らせる程度に軽く口に運んで香りと味を確かめる。うん、すごくおいしい……けれど体勢が落ち着かない。

「……夫婦ごっこだなんて。薫さんは何がしたいのか」

恋愛ナシの契約結婚のはずなのに、どうしてこんな思わせぶりなことをするのか。

ふてくされながらワインをごくりとひと飲みするが、近距離で覗き込まれてむせそうになってしまった。

「俺は妻とイチャイチャしたい」

「だったらイチャイチャさせてくれる相手をお嫁さんにもらえばよかったのに」

「見くびるなよ。女なら誰でもいいってわけじゃない。ちゃんと選んでる」

鋭く、かつ甘くて艶めいた眼差しがこちらに向いて思わず目を逸らしてしまった。

それ、私に向けるような目じゃないでしょう。

きっと酔っているのだろう。少し意外だ。これまで一緒に飲むことはたくさんあったけれど、酔って見境がなくなることなんて一度もなかった。

「……疲れて酔いが早く回ったんですね。今、お水持ってきますから」

彼の腕の中から抜け出しキッチンに向かう。うしろから「ひと口じゃ酔わないって……」とぶつくさ聞こえてきたが、酔っている人ほどそう言うものだ。

私は冷蔵庫からミネラルウォーターを取り出し、グラスに注いでローテーブルに運んだ。

先ほどとは反対側のソファに座ると、彼は大きくため息をついてワイングラスを水に持ち替え、ぐいっとひと飲みする。

「大規模なレセプションが終わったから、これからは少しゆっくりできると思う」

酔いが醒めたのか、今度は真面目な顔で話題を切り出す。

レセプションとは外交パーティーのこと。海外の賓客をもてなし、人脈作りや情報収集などを行う。

パーティーといえど、飲んで食べて楽しく騒いで……とはいかない。

「私は行かなくても大丈夫だったんですか?」

彼はレセプションの同伴者を求めて結婚したはずだったが、今回私は何の声もかけられなかった。

「まぁ、籍を入れてまだ二週間だからな。急に同伴者を連れていっても、茉莉も周りも混乱するだけだ」

ああ、と私は納得。海外の要人をたくさん招くパーティーに、結婚して日の浅い私がぽんと入り込めるわけがない。

場合によっては国家機密すら扱う外交官という仕事。職員の身内は事前に厳重な身辺調査がなされるのだ。

「今後必要になったら事前に頼むよ」

そう言って彼はおつまみに手を伸ばしながら、再びワイングラスを手に取る。

「明日からはもう少し早く家に帰れそうだ」

「じゃあ、明日は夕食も家で食べます?」

「ああ、そうだな……。茉莉はいつも家で食べているのか?」

何の気なしに尋ねられドキリとする。

家で食べていると言っても、自分で炊いたご飯にスーパーで買ってきたお惣菜を合わせている程度。きちんと炊事している姿を想像されては困る。正直、お料理は苦手なのだ。

作ったとしてもサラダとか、簡単なスープとか――調理と呼んでいいものか悩む。

「家で簡単なものを作って食べていますよ。本当に、すごーく簡単なものを」

入念に『簡単』をアピールしてみたが、彼は「へぇ」と目を見開き、あきらかに興味を示した。嫌な予感がする。

「じゃあ、ついででかまわないから、明日は俺の分も用意してくれるか？　簡単なものでいい」

「あ……はい、かまいませんよ」

「家に帰ってきたら夕食が出てくるなんて、新婚っぽいな」

予想以上に期待値が上がっていることにたじろいで「大袈裟ですよ」なんて笑ってごまかす。

どうしよう、言葉通り簡単なものを出す……わけにはいかないよね？　お腹を空かせて帰ってくるんだもの、そこそこしっかり食べたいはずだ。

それに彼はこれまで私においしいお店をたくさん紹介してくれた。間違いなくグルメだ。批評は厳しいと見ていい。

夫婦の晩酌を終えた夜更け。私は自室のベッドに腰掛けながら、ひたすら料理のレシピを検索した。

料理下手な私でも作れて、かつオシャレな夕食はないだろうか。簡単と言われた手前、あまり気合いが入りすぎているのもよくない気がする。

実家ではフルタイムで働いていたこともあり、母と弟が家事を担当していたから、私がキッチンに立つことはほとんどなかった。

ひとり暮らしを始めたあとも料理なんてたいしてしていない。張り切って作っても、あまってしまうし。

こんなことになるならちゃんと勉強しておけばよかったと、今さら後悔した。

翌日。習字教室を終え夕方に帰宅した私は、気合いを入れてキッチンに立った。

といっても、たいしたものを作るわけではない。

一品目はカルパッチョ。スーパーで買ってきたお刺身をサラダに載せてオリーブオイルと塩とレモンをかけるだけ。簡単にできてオシャレにも見える最強の前菜だ。

せっかくオリーブオイルを使うのだからと、バゲットとパテを買ってきた。ワインにも合いそうだし、きっと気に入ってくれるだろう。

問題はメインディッシュなのだけれど、一品くらいはお料理と呼べるお料理をしようと、煮込みハンバーグを作ることにした。

昔、お肉を焼こうとして焦がしたことがあったけれど、煮込みならば水分が多いから焦げにくいだろう。ひき肉を丸めて煮るだけだから失敗のしようがないはずだ。

――そう思って作り始めたものの、私の考えは甘かったらしい。

「……水分があっても焦げることはあるのね」

ソースが焦げついて真っ黒になってしまったフライパンを眺め、私は思わず呟いた。

煮込みハンバーグにこんなハードルが隠されていただなんて。

敗因はサラダやバゲットの盛りつけに集中して目を離してしまったこと。焦げ臭い匂いが漂ってきたときにはすでに遅かった。

お肉は底がフライパンにへばりつき、何より形が崩れてボロボロなのが痛ましい。

そのとき、タイミング悪く薫さんが帰宅してきた。隠ぺいする時間もなく、咄嗟にフライパンの蓋を閉める。

彼はリビングに顔を出して早々、すんすんと鼻を鳴らした。

「ただいま――って、なんだか焦げ臭くないか？」

「えっと……これは～……」

彼はキッチンにやってきて、私の視線を追ってフライパンへと行き着く。観念して蓋を開けてみせると、彼は「あ～……」と呟いて苦笑した。

「黒いな。デミグラス……ってわけではないよな」

「一応トマトソースだったものです……」

彼はソファにビジネスバッグとジャケット、ネクタイを置き、ざっと手を洗うと、ターナーでハンバーグを軽く持ち上げて焦げ具合を確認した。

「もしかして、料理苦手？」

「焦がしたことは……何度か」

「強火すぎ。茉莉は結構せっかちなところがあるからなぁ」

そう言って薫さんは食べられそうな部分を小ぶりの鍋に移していった。

「今日はバゲットなんだ？　じゃあ、これもパテっぽくしちゃおうか。かなり粗挽きにはなるが。まだトマトはある？」

そう言って、ひき肉とトマトを再度煮詰めて、手早く塩とブラックペッパーを振りかけた。

「……もしかして、薫さんって料理得意？」

「得意ってほどじゃないが……まぁ、普通かな」

謙遜しているものの、私のように躊躇ってもたもたすることがなく、かなり慣れているように見える。完成したひき肉のトマト煮込みをお皿に盛って、ダイニングテーブルへ運んでくれた。

「俺、着替えてくるから残りの準備頼んでいい？」

「わかりました……」

残りって言ったって、あとはできあがったものをテーブルに運ぶだけだ。

なんだか妻失格の烙印を押された気分でしょげていると、薫さんは困った顔でこちらに寄ってきた。

「そんなに落ち込むなよ、ちょっと焦げたくらいで」

「いえ……なんだか申し訳なくて。ごめんなさい、お料理が下手なこと隠してて」

「何言ってんだ。料理を上手に作れなんて、婚前契約書にあったたか？」

おどけたように笑って、私の頭の上に手を置き、くしゃくしゃと髪をかき混ぜる。

「得手不得手があっていいんだよ。代わりに茉莉には得意なことがたくさんあるだろ？　それに、茉莉の苦手なものが料理でよかった」

「どうしてです？」

「俺が助けてやれるから」

そんなことを言って、薫さんは私の額にちゅっとキスを落とした。不意打ちを食らった私は慌てて額を手で押さえる。

「慰めのキスは気に入らなかったか？」

「き、気に入る気に入らないの問題じゃなくて――」

心臓に悪い。どうして恋愛関係でもないのに、キスで慰めたりするのだろう彼は。

「夕食の準備、サンキュ。苦手なのに頼んで悪かったな。でも、すごく嬉しかった」

そう言い残し、彼はバッグやジャケットを持ってリビングの奥にある自室へと入っていった。

額を撫でながら、しばらく呆然と彼の部屋を見つめる。

薫さんは私に対して優しすぎる。料理くらいちゃんとしろって、叱ってくれてもよかったのに。

大学にいた頃からそうだった。部室に顔を出すと、彼はいつも笑顔で私を迎え入れてくれた。私が怒っているときも、落ち込んでいるときも、泣いているときも、いつだって優しく包み込んでくれる。

みんなに対してそうなのかと思えば、興味のない相手に対しては驚くほど冷たかったりと、割と気分屋な面もあって。

たぶん私は彼にとって、特に思い入れのある後輩のひとりなのだろう。

どうして私だったのかな？

ふとそんなことを思って、彼の気持ちが気になった。

彼は今でもずっと私のことを大事な後輩、あるいは世話の焼ける妹みたいに思ってくれているのだろうか。

じゃあ私にとっての彼は？　ただの親切な先輩？　それとも——。

その先を突き詰めていくのが怖くなって、私は考えを振り払った。

そうだ、食事の支度しなくちゃ！

自らを奮い立たせ夕食の準備を再開し、ダイニングテーブルが賑やかになる頃、彼がリビングに戻ってきた。


夕食のあと、彼は「そういえば」と言って小さく折り畳まれたチラシを差し出した。

ずっとポケットに入れてあったのか、端がよれてくしゃくしゃになっている。

広げてみると『ベーカリー・喜《き》の穂《ほ》　6／4（金）OPEN』と書かれていて、おいしそうなパンの写真が並んでいた。

「新しいパン屋さん、ですか？」

どうやら二週間前に開店したばかりのようだ。

一番のウリは食パンらしく、天然酵母を使った食パンや、生クリームと練乳がたっぷり入った甘みの強い食パン、もちもちふわふわの生食パン、竹炭が練り込まれた黒食パンなど、気になるラインナップが並んでいる。

「同僚の職員に勧められたんだ。自分で買いに行こうと思ってたんだが、仕事の合間に行くにしては遠いし、日曜日は定休日だし」

薫さんは土曜日も仕事のことが多く、今週も出勤だと言っていた。唯一の休みである日曜が定休日では、自分で足を運ぶのは難しいだろう。

「私が買ってきますよ。このもちふわ生食パン、気になりますし」

「そう言うと思った。カンパーニュを買ってきてくれたら、中をくり抜いてクラムチャウダーを入れてやるよ」

「わぁ！　おいしそう！」

土曜日の夕食は彼がパンシチューを作ってくれることになり、結婚に夢を抱いていなかった私でさえ夫のありがたみを痛感した。固い決意が食欲に負けたというのが虚しいけれど。

週末の土曜日。彼が出勤するのを見送ったあと、掃除や洗濯を済ませた私は張り切ってベーカリー・喜の穂へ向かった。

最寄り駅から電車で一駅、徒歩なら二十分のところにその店はある。電車を使えば簡単なのだが、早くこの土地に慣れるためにもあえて歩くことにした。

開店時間五分前には到着したのだが、店の前にはすでに行列ができていて、入場制限がかかるほどの盛況ぶりだ。

店に入ると、人気のパンはすでに品薄。私は急いでお目当てだったもちふわ生食パンの六枚切りと、丸型のパン・ド・カンパーニュをふたつトレイに載せた。

隣のブリオッシュもおいしそうだ。パン・オ・ショコラにも惹かれるけれど、あまり買いすぎても食べきれない。

ここはひとつ、パン屋の真価が問われるクロワッサンを買ってみよう。トングで持つだけでサクッと音がして、当たりを直感した。

次に来たときは、トマトやレタスが挟まったパニーニや、黒コショウのかかったベーコンエピのような調理パンを買ってみるのもいいかもしれない。

会計を済ませて店を出た、そのとき。

「幡名さん？」

突然うしろから声をかけられ足を止めた。凛とした、どことなく懐かしい女性の声がする。

振り向くと、テラス席に座っているショートカットの女性と目が合った。その女性は「やっぱり！」と声をあげてこちらに手を振る。

「ええと……瑠里子《るりこ》先輩？」

思い出すのに時間がかかったのは、昔と髪型が違ったから。でも間違いない。大学時代、同じサークルに所属していた上野《うえの》瑠里子先輩だ。私のふたつ上で、薫さんと同学年にあたる。

凛々しくて華やかな顔立ちは当時と変わりなく、年齢に伴い美しさが増した気さえする。

瑠里子先輩はふたりがけの丸テーブルにひとりで座りパソコンを開いて、パンとコーヒーを飲みながら仕事をしているようだった。

「久しぶりね！　大学の頃だから……もう八年以上経つかしら？」

「はい！　まさかこんなところでお会いできるとは思いませんでした」

瑠里子先輩は白いノースリーブシャツにネイビーのワイドパンツ、ゴールドのフープピアスにブレスレットという都会的で洗練された出で立ち。

何しろ、ミスキャンパスとの呼び声も高かった彼女。綺麗だしスタイルもよくて、女性の私ですら見惚れてしまう。

……そういえば、薫さんと噂が立ったこともあったっけ。美男美女が並ぶと周りが放っておかないらしい。

薫さんは「そんな関係じゃない」と鼻で笑っていたけれど、それでも疑ってしまうのが乙女心というもの。

今でも謎のままだけれど、薫さんが私に結婚を持ちかけてきたってことは、関係がなかった、もしくは長続きしなかったということだろう。

「幡名さんったら、なんだか雰囲気があか抜けたわね。ああ、聞いたわよー、結婚したんでしょう？」

いきなり結婚の話題を持ちかけられ、反射的に左手を押さえた。今、薬指には入籍に合わせて作ったマリッジリングが輝いている。

私は家族や親戚くらいにしか入籍を報告していないから、話が伝わったとすれば薫さんからだと考えて間違いない。

瑠里子先輩は卒業後も薫さんと親しくしているのだろうか……？

「急に呼び止めてごめんなさいね。もし時間があれば座って。久しぶりだし、ちょっとお茶していかない？」

瑠里子先輩は椅子に置いていたバッグをどけて、私が座る場所を作ってくれる。

「お邪魔しても大丈夫ですか？　お仕事中だったんじゃ……」

「大丈夫、これは趣味。今日はオフよ」

そう言ってパソコンを閉じてバッグにしまい、背もたれに置いた。

「じゃあ、お言葉に甘えてお邪魔します」

同窓生たちとは縁を切るような別れ方をした手前、いまだに気まずさを感じる。

しかし、瑠里子先輩は四年生になってからほとんど部室に顔を出さなかったから、私が中退することで縁が切れたというよりは、卒業に向けて自然と疎遠になった印象だ。本人もそこまで気にしていないだろう。

午後の習字教室まではまだ少し時間があるし、瑠里子先輩が結婚の話をどこで耳にしたのか興味もあった。

「まずは結婚おめでとう。本っ当に驚いたわ。まさか薫くんの結婚相手があなただなんて」

「ちゃんとご報告もできずにすみません」

「謝ってほしいのは薫くんの方だわ。同じ庁舎で働いているのに全然教えてくれないんだから」

「え……!?」

パチパチと大きく目を瞬いた。つまり、瑠里子先輩も薫さんと同じように外務省で働いているということだろうか？

「あれ？　私のこと、薫くんから聞いてない？　まぁ、彼は他人とのことをいちいち報告するようなタイプじゃないか」

納得といった感じで瑠里子先輩は苦笑する。

「私、今は外務省に勤めているの。環境問題や条約の締結に携わる業務をしているわ。地域局にいる薫くんと直接的な関わりはないんだけれど、彼の結婚は庁舎内ですごく噂になっているから——」

「そうなんですか……？」

「ええ。何しろ彼、エリートだもの。ルックスもアレでしょ？　狙っている女性がわんさかいるし、縁談だっていっぱいあったって話よ」

狙っている女性がわんさか、縁談もいっぱい——なんとなくそうじゃないかとは思っていたのだけれど、あらためて他人の口から聞かされると複雑な気分になる。

「——で、大学の後輩と結婚したって噂が流れてきたから、本人を問い詰めて吐かせたってわけ」

なるほど、と私は苦笑する。瑠里子先輩もまさか薫さんの相手が私だとは思っていなかっただろう。大学にいた頃は噂になったことすらない。

「それで、幡名さんは今何してるの？　——って、今は幡名じゃないんだっけ。葉山崎さんって呼んだ方がいい？」

「どちらでも大丈夫ですよ。仕事中は旧姓を使ってますし。今は習字教室の先生をしたり、書道に関するデザインを受注したり――」

「つまり書道家ってこと!?　すごいじゃない！」

瑠里子先輩は興味津々で身を乗り出す。作品が見たいと言ってくれたので、私は携帯端末に入っていた写真を見せた。

彼女は「Wow!　すごいわ」なんて英語混じりの発音で褒めてくれる。最近まで海外に行っていたのかもしれない。

「それにしても、山のような女性の中からあなたを選んだのは意外だったわ」

「山のよう、ですか」

彼のモテっぷりを連呼されるたびに複雑な気分になってくる。そんなにたくさん恋人候補がいたんだ……。

「かくいう私も振られたひとりだけど」

「っ……！」

先輩のとんでもない告白に言葉を失った。大学の頃に聞いたふたりが付き合っているという噂は、あながち間違いではなかったようだ。少なくとも瑠里子先輩にはその気があったらしい。

それにしても、こんなに美人で頭のいい人を振ってしまう薫さんて、なんて贅沢者なのだろう。

「あなたがずっと薫くんを独占してたってわけね。ほんと、羨ましくなっちゃう」

清々しい表情でそんなことを言われては、どう反応していいのかわからない。控えめに返答するので精一杯だった。

「ずっとってわけでは、ないんですが……」

「大学の頃から付き合っていたわけじゃないの？」

「はい……そんな前からでは」

それどころか、これまで一度だってそういう関係になったことはないのだけれど、当然そんなことは言えないので濁しておく。

かといって、どう説明したらいい？　薫さんは私とのことを周りになんて説明しているのだろう。辻褄が合わなくなっても困る。

事前に打ち合わせておくべきだったと今さら後悔した。まさか共通の知り合いに会うとは思わなかったから。

「ねぇねぇ、教えてくれない？　どうやって薫くんをゲットしたわけ？」

「ええと……」

またしても答えづらい質問が飛んできて、眉をひそめる。この質問は事前打ち合わせがあったとしても返答に困りそうだ。

「ごめんごめん、ただの興味よ！　薫くんに振られた女としては気になるわけ。自分には何が足りなかったのかしらって。後学ってヤツ」

瑠里子先輩は自分に何かが足りなかったと感じているのだろうか。

なんだか申し訳ない気持ちになってしまう。だって、彼女に足りなかったわけではなくて、私と結婚する方が都合がよかったたってだけだもの。

「……ライフスタイルがマッチしたというか」

「ライフスタイル？　全然違う職種なのに？」

「だからこそ、じゃないでしょうか。お互い海外を飛び回っていたら、家庭を作るのってすごく難しいでしょうし……。私が日本で待っているのがわかるから、薫さんも安心して仕事に精を出せるというか」

瑠里子先輩は不思議そうに首を捻る。

「割とドライなことを言うのね。愛の力です〜くらい言うかと思ったのに」

愛の力だなんて冗談でも言えなくて苦笑する。薫さんから実際に愛されているわけではないのに、愛妻面なんてできなかった。

「お互い今後のために結婚するのがいいと判断しただけです」

「『利害の一致』ってヤツね」

瑠里子先輩はうーんと唸ってコーヒーを口に運んだ。

「確かに私と結婚するんじゃや、どっちかが仕事を妥協するしかないものね」

薫さんが瑠里子先輩を選ばなかった理由があるとすれば、きっとそれだろう。

お互いが自由に生きられないのなら一緒になるべきではないと、薫さんなら言いそうだ。

すると、瑠里子先輩はコーヒーをテーブルに置いて遠くを見つめた。

「……じゃあ薫くんは、私がこの仕事に就いていなかったら、私と結婚してくれていたかもしれないんだ」

ドキリとして息を呑む。

薫さんからは『お前しかいない』と言われたけれど、都合のつく女が私だけだったってだけだ。

もしも瑠里子先輩の職業が外交官ではなかったら、薫さんは結婚相手に瑠里子先輩を選んでいただろうか。

「ああ、ごめん、そんな顔しないで。たとえばの話よ」

瑠里子先輩が取り消すように手をパタパタと振るけれど、一度気になってしまったが最後、私はもういびつな作り笑いしかできそうになかった。

「私が海外に行くような仕事じゃなかったら、私を選んでくれていたのかななんて思ったの。今さらそんなことを言っても、仕方がないけどね」

悲しげに漏らされた言葉にズキンと胸が痛む。

もしかして、瑠里子先輩はまだ薫さんのことが……？

彼女の切なげな横顔を見ていたら、そんな疑問が浮かび上がってきて、ざわざわと胸が騒いだ。

もしも瑠里子先輩が夫をサポートできるような職業についていたら、薫さんは彼女を結婚相手に選んでいたかもしれない。

同じように、もしも私が大学を中退せずに彼と同じ外交官になっていたら、きっと私を選ばなかっただろう。

ましてや、あの日、本屋さんで偶然の再会をしていなかったら——。

偶然の再会？

ハッとして私は考えを巡らせる。今日ここで私と瑠里子先輩が出会ったのは偶然なのだろうか？　それとも……。

「あの……このお店、薫さんから聞いたんです。同僚に勧められたって言っていたんですが」

切り出してみると覚えがあったようで、瑠里子先輩はぽんと手を打ち鳴らした。

「ああ。駅でこの店のチラシをもらってね。薫くんにあげたの。彼、こういうお店好きでしょ？」

「……そうだったんですね」

私と瑠里子先輩が再会したのは、偶然ではなく必然だった。薫さんと瑠里子先輩に今でも親交があるからだ。

ふたりが親しくする姿を想像してしまい、なぜだろう、すごくもやもやして、体が冷えていく感じがした。

第六章　愛妻は今日も気づかない

「遅くなってごめん」

この日は早く帰れるだろうからと、クラムチャウダーを作る約束を自分からしたくせに、結局帰宅時間は二十時を過ぎていた。

「大丈夫ですよ。私も今日は習字教室があったので、帰って来たのがついさっきで」

茉莉はキッチンの中から笑顔で答えてくれる。だが、どこか表情が強張っていて、態度がよそよそしい気がする。

帰りが遅くて怒っているのか？　いや、怒っているというよりは、つらいのを我慢して無理に笑っているといった感じだ。

違和感を覚えつつもふとダイニングテーブルに目をやると、丸型のカンパーニュがふたつ並んでいた。

「行ってきてくれたんだ。サンキュ」

すると彼女は「ええ」なんて微笑み返しながらも、どこかいびつな笑顔を浮かべる。

やはり、何かがおかしい。

何があったか尋ねたくても、茉莉はこういうときに素直に口を割ってくれるタイプではない。

俺は気づかぬ振りをして自室で着替えを済ませると、キッチンに直行し、先に料理の準備をしてくれていた彼女に合流した。

「野菜切ってくれてたんだ。助かる」

調理台にはジャガイモやニンジン、玉ねぎが角切りにされていた。大きさが綺麗に揃っていて、几帳面さがよく表れている。これだけ見ると、料理が苦手だとはとても思えないのだが。

「アサリは、砂抜きしておきました」

「砂抜きにしても、野菜の切り方にしても、とても料理が苦手とは思えないな。もしかして謙遜?」

「謙遜ならよかったんですけど。私が苦手なのは焼きの工程なんです」

「ならここから先は俺の仕事だ。茉莉は……ああ、ワインクーラーの準備を頼めるか?　今日は冷やして飲もうと思ってる」

茉莉がクーラーに氷水を入れている間に、俺はワインセラーからシャンパンを一本抜き取った。料理ができあがる頃には充分冷えているだろう。ダイニングテーブルの真ん中にクーラーを置く。

「少しのんびりして待っていてくれ」

「見ていてもいいですか？」

「かまわないが、楽しくはないぞ？」

俺は小鍋にアサリと白ワインを入れて蒸し煮し、その間にフライパンにバターを溶かし野菜を炒めた。アサリの殻を取り外し、煮汁ごと野菜とまとめて煮る。

最後に牛乳を加え軽く火を通せばクラムチャウダーの完成だ。

「手慣れていますね」

「そうか？」

「タイマーとか、使わないいんだなって」

「感覚だろ。むしろタイマーを信じすぎるから焦げるんじゃないのか？」

「なるほど……」

カンパーニュの上部を切って蓋を作り、土台は中をくり抜いて器にする。トーストしたカンパーニュにクラムチャウダーを流し込めば完成だ。

「すごい！　おいしそう！」

少し前までぎこちない笑顔を浮かべていた茉莉も、料理を前にして憂鬱が吹き飛んだらしい。ご機嫌を取ることに成功し、ひとまず安堵する。

食事をダイニングテーブルへ運び、冷えたシャンパンをグラスに注いで乾杯した。

「何に乾杯しようか」

「大きなお仕事を終えて、お疲れ様でした」

「仕事じゃつまらない」

俺の言葉に彼女はきょとんと目を瞬く。

「かわいい妻と新婚生活に乾杯」

「またそういうことを言うんですから……」

茉莉は呆れたように笑って、ふいっと目を逸らす。

その瞳がなんだかいつもより悲しげに見えて、彼女が抱えている憂鬱は俺絡みなのだと確信した。あるいは、この新婚生活そのものに不満があるのだろうか。

「……この家に移ってから困っていることはないか？　通勤が大変、とか」

「問題ありませんよ。電車とバスの乗り継ぎがうまくいけば、四十分くらいで着きますから」

「仕事も順調？」

「？　ええ。順調ですよ」

少しずつ探りを入れてみるが、いつもと変わらぬ穏やかな笑顔で応じてくれる。どうやら仕事や住まいに不満はないようだ。

「……そういえば、新しいパン屋はどうだった？　混んでいたか？」

パン屋の話題を出した瞬間、ぴくりと茉莉の表情が強張るのが見えた。

「……、ええ、大盛況で行列ができていましたよ。お昼に食べたクロワッサンもすごくおいしくて……今度、薫さんの分も買ってきますね」

言っていることはポジティブだが表情は暗い。パン屋で落ち込むこと？　さっぱりわからない。

「……ああ、そういえば、ひとつ困ったことが起きて」

さりげなく切り出してきた彼女に、俺は笑顔のまま固唾を呑む。

「薫さんは、私との馴れ初めを誰かに話したことがありますか？　きちんと話を合わせておかないと、辻褄が合わなくなるかなって」

――ということは、誰かに馴れ初めを話す機会があったということか。

「……誰と会った？」

「瑠里子先輩に。今、薫さんと同じ外務省で働いているんですよね？」

俺は悟られぬようそっと頭を抱えた。上野に会ったのか……。

同僚職員たちとパン屋の話題になったとき、そういえば上野も輪の中に加わっていたか。チラシを押しつけてきたのは確か彼女だった。

仕事柄、この近所に住んでいる同僚も多く、彼らが口を揃えておいしいというから茉莉にも教えたのだが。

万一、誰かと顔を合わせたとしても、どうせ茉莉の顔を知る人間なんていないと高を括っていたが、よりにもよって同窓の上野と鉢合わせてしまうとは、運が悪かったとしか言えない。

「それで？　俺たちの馴れ初めについてなんて話したんだ？」

「ええと……話したのは、大学の頃はまだ付き合っていなかったってことくらいですかね」

「了解。じゃあ、付き合い始めたのは俺が日本を発つ直前で、六年間の遠距離恋愛を経てプロポーズした——って流れでいいか？」

しかし、茉莉は不安げに俺を見つめている。「なんだ？」と尋ねると彼女はおずおずと切り出した。

「本当に、それで大丈夫ですか？」

「どういう意味だ？」

「だって、その六年の間に他の女性と付き合っていたら、薫さんは浮気してたたって思われてしまうんですよ？」

ああ……と小さな呻きを漏らす。そういえば海外に行ったらブロンド美女を探すなんて冗談を言った気がする。まさか真に受けていたのか？

「そんな女、いないから安心しろ」

「え、嘘でしょう……？　薫さんみたいにモテる人が六年も恋人がいないなんて、あり得ます？」

「自分を棚に上げて何言ってんだ」

そっちだってずっと彼氏を作らなかっただろ、と突っ込んでやりたくなる。

大学の頃、茉莉がどれだけモテていたのかいっそ諭してやりたいが、自分の下心まで見透かされても困るのでやめておく。

疑惑の目を向けてくる彼女へ逆に尋ねた。

「茉莉は俺が他の女と遊んでたって聞いても平気なのか？」

「え……」

嫉妬心のひとつも抱かせることができないのならば、男として情けない。

「俺だったら――」

お前に男がいたなんて聞かされたら、頭がおかしくなりそうだ。別の男がその肌に触れたなんて、考えただけでもぞっとする。嫉妬で耐えられそうにない――とはとても言えず言葉を呑み込む。

「やめた。食おう、せっかくの食事が冷める」

「そ、そうですね……」

俺は強引に話を切り上げ、くり抜いたパンとクラムチャウダーを口に放り込んだ。我ながらうまい。

彼女も「おいしい！」と食べてくれたが、その目はまだわずかに動揺していた。

結婚を上司に報告して三週間。他に誰に伝えたわけでもないのだが、噂はあっという間に広まった。

たいして親しくない同僚たちからも結婚おめでとうと声をかけられた。

何より、左手の薬指に光るマリッジリングがパワーを発揮した。

話しかけてくる女性たちの目線はだいたいそこに行き着く。

「葉山崎先輩って結構姑息なことしますね。『連絡先なんて知らない』とかなんとか言っといて、本当は自分だけ連絡取り合ってるんですから。俺たちがどれだけ幡名さんのことを心配していたと思ってるんですか」

そう愚痴をこぼしたのは、サークルの後輩であり外務省の同僚職員でもある堀田明《あき》人《と》だ。

俺のひとつ年下、つまり茉莉のひとつ年上にあたる。在学当時、茉莉に熱を上げていた部員のひとりだ。

ここは庁舎内のカフェテリア。昼休み、軽食を買おうとしていたところで堀田に声をかけられた。

俺としては、世間話ついでに堀田の担当する中東地域の情勢なんかを聞き出しながら情報収集といきたかったのだが、彼が振ってくる話題はもっぱら茉莉との結婚のことだった。

「あのときは本当に知らなかったんだよ」

苦笑交じりに弁解する。茉莉が大学を辞め音信不通になって、心配した部員たちはどうにか連絡をつけられないかと手を尽くしたが、あきらめるしかなかった。

俺もあきらめてはいたのだが――。

「たまたま、街中で彼女を見つけて」

「たまたま!?　そんなことってあります!?」

「強いて言えば、書店で古美門ジョージのフェアをやっていた」

「来ると踏んで張っていたってことですか？　葉山崎先輩でもストーカーじみた真似をするんですね」

「そこまではしていない」

否定してみたものの、あながち間違いでもないなと目を逸らす。

彼女がいてくれたら——そんな期待が脳裏をよぎり、吸い込まれるように書店に足を踏み入れたことは事実である。

「で、運命的に幡名さんと再会を果たし結婚したと。本っ当に先輩は恵まれてますね。運に味方されているというか。俺なんてここのところ地獄を見てばかりですよ」

堀田はやってられないとばかりに悪態をついて椅子にもたれた。肘までまくった袖の下から痛々しい傷痕が見えて、俺は苦い顔をする。

「その怪我のことか？」

堀田がちらりと右腕に目をやって苦笑する。肘から手首にかけて深い傷痕が刻まれており、完治はしているはずだが力を入れるとまだ痛むことがあるという。

痛みは精神的なもののようだが、言い換えれば彼が受けた心の傷がそれほど深いということでもある。

「羨ましいな先輩は。赴任先、ドイツにルクセンブルクでしたっけ？　人生思い通りじゃありませんか」

「俺だってすべて思い通りってわけじゃない。研修語に希望していたのはフランス語だ。ドイツ語は第三希望だった」

「どう転んでも安全な地域じゃありませんか」

「ならどうしてお前は大学の頃、第二言語にアラビア語を選んだんだよ？」

アラビア語は難易度が高く、ただでさえ経験者が少ない。アラビア語を学んでいた彼に研修語が割り当てられたのはごく自然の流れと言えるだろう。

「アラビア語喋れるなんてすごいねって言われたかっただけですよ。危険な地域に派遣されたかったわけじゃない」

彼の赴任先は中東のアラブ諸国だった。一概にアラブと言っても治安は様々。

赴任中に偶然にもテロが発生し、治安が悪化。大使館にも火の粉が降りかかり、結果、職員数名が怪我を負い、彼も腕に深い傷を負った。

「まぁ、タイミングが悪かったんです。アラビア圏にも治安のいい国や豊かな国は多いですから。単に俺のくじ運が悪すぎたってだけでしょうね」

あきらめたような口ぶりで、だがまったく腑に落ちていない表情で堀田はアイスコーヒーを飲み干した。

同情はするが、もっと酷い怪我を負った職員もいたと聞く。五体満足で帰ってこられたことは幸運と言えないだろうか。

「……辛気臭い話はともかく。俺は葉山崎先輩の結婚相手が幡名さんだったことにも驚いているんです」

突然話題を変えられ、俺は眉をひそめる。堀田はテーブルに身を乗り出すと、からかうような目で覗き込んできた。

「てっきり瑠里子先輩あたりと付き合ってるんじゃないかと思ってたんで」

「は？」

またしても上野の名前が飛び出してきて、俺はうんざりと顔を歪める。先週も茉莉の口から聞かされたばかりだ。

「どうして上野となんだよ」

「大学の頃から美男美女カップルって有名だったじゃないですか」

「デマだよ」

サークル部員たちは俺と上野をくっつけたがり、やれふたりで歩いていただのデートをしていただの、あることないこと囃し立てていた。

上野は美人だが気が強すぎて男受けするようなタイプではなかったから、さっさと俺とくっつけて、茉莉を狙うライバルを減らそうという魂胆だったのだろう。

実際、その噂が茉莉の耳に入ったときには焦ったものだ。

下心も嫉妬心も何もない純朴な目で「瑠里子先輩と付き合っているんですか？」と聞いてくるのだ。あのときほど必死に弁解したことはなかった。

「瑠里子先輩みたいな高嶺の花こそ、葉山崎先輩に引き取ってもらいたかったんですけどねー。どうして幡名さんみたいな『ちょっと手を伸ばせば届きそうなかわいい子』をかっ攫ってっちゃうんですか。俺たちの夢を返してくださいよ」

「知るかそんなもの」

やはりそういうことだったのかと落胆する。

茉莉が自分以外の全部員と連絡を絶ったままにしてくれたのは幸運としか言えない。

自分が海外赴任している間に手を出されたら、牽制のしようがなかった。

「まぁ、幡名さんも自分らにとっちゃ充分高嶺の花でしたけどね。狙ってるヤツ、多かったですし。かわいかったもんなー。俺も『茉莉ちゃん』って呼ばせてもらいたかった。茉莉ちゃん……」

「おい」

人の嫁の名前をうっとりと連呼するな。睨みつけると、堀田はふてぶてしくあははと笑い飛ばした。

「離婚しそうになったら教えてくださいね。俺が次候補に名乗り出ますから」

「ふざけるな。離婚なんてない。夫婦円満だ」

冗談ではなく本気で、かつ悪気もないから質が悪い。こいつだけは絶対に茉莉と会わせまいと心に決める。

「今度、先輩の家に結婚祝い持っていきますね」

「いらない」

「そんなこと言わないでくださいよ、大人の女性になった幡名さんをひと目見てみたいんです」

どうせそんなことだろうと思い、強めに「来なくていい」と念を押す。

しかし、堀田は「いいんですか～？」と挑発的に口の端を跳ね上げた。

「……ハイネマン議員の親族にあたる人物がこちらの網に引っかかりまして。そちらにとってもそこそこ有益な情報だと思うんですけどね～」

「は？」

ハイネマン議員とはドイツの政治家で、人脈的にも資金的にも強い影響力を持った人物だ。近年の政治決定の多くには彼の意志があり、ひと声発すれば国内外問わず大物が大勢動くと噂されている。

「いやね、その人物がカタールのとある富豪のもとを私的に訪問したようなんです。表向きは友人関係ですが、裏に金銭的なやり取りがあるって情報を摑んで。下手したら政局が変わるかなって」

彼の所属する中東第三課は、中東、アフリカ地域における情報収集を行っている。ニュースに取り上げられるような表立った動きだけではなく、有力な人物の裏の動向にも網を張っていて、周辺諸国を巻き込んだ大事件に発展することもある。

「詳しく聞かせろ」

「あ～……でもこれ、まだ正式な情報じゃないんですよ、裏が取れてないんで。上司にお伺いを立てないと。でもほら、うちの上ってすごい慎重だから当分は出し渋ると思うんですよね～」

「……どうしてほしいんだ？」

「先輩のお家にお招きいただけたら、喜びでポロッと漏らしちゃうかもしれませんけどねぇ」

まさかお宅訪問の許可に政治的駆け引きを使われるとは。

公私混同というか職権乱用というか――とはいえ、今もたらされた情報を放っておくのも悩ましい。

堀田を茉莉に会わせたくはないが、俺が同席する場でちょっかいをかけるとも思えない。顔を見せるだけなら問題はないか？

堀田がどんなアクションを起こそうと、茉莉が俺の妻であることは揺るがないのだから。

「わかったよ……来週末でどうだ？」

交渉に成功した堀田は、満面の笑みを浮かべる。

「予定空けときますね！」

調子のいい後輩にうまいこと手の上で転がされ、これのどこが恵まれているんだと思わず愚痴をこぼした。

第七章　縮まる距離と離れる心

薫さんと住まいをともにして一カ月が経った。七月の初旬。梅雨の真っ只中で、今日は雨こそ降っていないもののじめじめと蒸し暑い。

「雨が降らなくてよかったですね」

今日訪れるお客様のことを思い、足元が悪くならずに安堵していると。

「来るのが億劫になるくらい大雨だったらよかったんだがな」

薫さんはそんなひねくれたことを言う。自分で招いておきながらどうして不満そうなのだろう。謎である。

休日である今日は、薫さんの同僚を家にお招きする予定だ。しかもただの同僚ではない、私や薫さんとは同窓で、サークルまで同じだ。

もともと官僚を目指す学生の多い大学ではあったけれど、うちのミス研から三人も外務省職員が出ているとは思わなかったから驚いた。

「すまない。茉莉。面倒なことに巻き込んで」

「いえ、堀田先輩にはお世話になりましたし、一度ちゃんとご挨拶しておいた方がいいと思いますから」

薫さんと同じ職場で働いているというのなら今後もお世話になるだろうから、なおさらきちんと挨拶しておいた方がいい。私としては、別れも告げず姿を消してしまったことを謝りたい。

かつての同窓に会うのは緊張するけれど、優しい先輩だからきっと大丈夫だろう。それに、上司を連れてくるから接待してくれと言われるよりはずっと気が楽だ。いつかはそういう日が来るかもしれないから、これも練習だと思うことにする。

十四時、ドアフォンのチャイムが鳴り、私はモニターを確認した。

マンションのエントランスを映すカメラには堀田先輩――と、もうひとり。うしろに立っているのは凛々しい顔立ちをしたショートカットの女性。それが瑠里子先輩だと気づき、私は「えっ……」と動揺した。

モニターを覗き込んだ薫さんも「なんで上野が一緒にいるんだよ」と驚きの声を漏らす。

薫さんがふたりを迎えに行く間、私は玄関でそわそわしながら待っていた。

薫さんは瑠里子先輩を誘っていないという。とすると堀田先輩が誘ったのだろうか。

考え込んでいると、やがて玄関の扉が開き、三人が入ってきた。

堀田先輩は薫さんを通り越し私のもとまでやってきて「うわー久しぶり」と私の手を握った。

「元気だったー？　幡名さん……って、もう葉山崎さんなんだよね？　紛らわしいから茉莉ちゃんって呼んでいいかな」

「あ、はい……お久しぶりです、堀田先輩」

久しぶりなのにグイグイくる堀田先輩に気圧されながらも、突然姿を消したことに怒ってなくてよかったと胸を撫で下ろす。

その間も堀田先輩は、私の手を握ったままぶんぶんと上下している。

「おい」

薫さんが目を据わらせてこちらを睨んだ。

不穏な空気が流れ始めたとき「お邪魔しまーす」と清々しく割り込んでくれたのは瑠里子先輩だ。薫さんの怖い目が今度はそちらに向く。

「だいたい、上野まで来るなんて聞いてない」

「あら、お邪魔だった？」

嫌悪感丸出しの薫さんと笑顔の瑠里子先輩。

このふたりの関係性はいまいちわからないけれど、気心の知れた仲であることは確かだろう。

でなければ、本人を目の前にして堂々と嫌そうな顔なんてできるわけがない。

「先日、庁舎内で瑠里子先輩と会ったとき、葉山崎先輩のお宅にお邪魔するって話をしたんですよ。そしたら私も行きたいって言い出したんで、誘っときました。別に悪いことはないでしょう?」

しゃあしゃあと言い放った堀田先輩に、薫さんは「いや、家主の確認を取れよ」と呆れ顔だ。

瑠里子先輩は「あら、堀田くんだけ呼んで私は呼んでくれないの?」と笑顔で追い打ちをかける。薫さんは観念したように額に手を置いた。

そんなやり取りに苦笑しながら、私はふたりを「どうぞお上がりください」とリビングへお通しする。

「お土産を買ってきたの。最近できた和菓子屋さんなんだけど、ここの栗のテリーヌがおいしくて」

「ありがとうございます!」

私は瑠里子先輩から手土産のボックスを受け取ってキッチンに向かう。

紅茶を出そうと思っていたけれど、和菓子なら緑茶の方がいい。外は蒸し暑かっただろうからアイスにしよう。

私はアイスグリーンティーを用意しつつ、リビングにちらちらと視線を向けた。

先輩たちはリビングをぶらついて、窓からの景色なんかを眺めたあと、薫さんに勧められ部屋の中央にあるソファに並んで座った。薫さんはふたりの正面に腰を下ろす。

「それにしても瑠里子先輩、和菓子なんて渋いですね。絶対洋菓子派だと思った」

堀田先輩の言葉に瑠里子先輩はクスクス笑っている。

その目線の先には薫さんがいた。

「渋いのは私じゃなくて薫くんよ。こういうの好きでしょう？」

私は栗のテリーヌを切り分けながら、ぴくりと反応する。

薫さんって和菓子が好きだったの？　甘党だってことは知っていたけれど、和菓子を一緒に食べたことはこれまでなかった気がする。

「なんでそんなこと知ってんだよ」

「ひと口あげたら喜んでたじゃない」

ふたりのやり取りを見て堀田先輩は「へぇ～」と興味深そうに身を乗り出した。

「葉山崎先輩と瑠里子先輩って仲いいですよね～。もしかして、昔付き合ってたって噂、ホントです？」

「いや、デマだ」

「でも、ひと口あげるって何？　普通そんな状況になりませんよね？」

薫さんの反応が気になって、ついついキッチンで聞き耳を立ててしまう。一応顔はにこにこと愛想よくしているけれど、胸の中はざわざわしていた。

「覚えてない。どうせみんなに土産を配ったときの話だろう」

面倒くさそうな薫さんの声。本当に覚えていないのか、あるいはごまかしているのか――。

「あら酷い。でもいいわ、秘密にしといてあげる」

瑠里子先輩は人差し指を唇に当てて思わせぶりに微笑む。

私はローテーブルにアイスグリーンティーと切り分けた栗のテリーヌ、それからあらかじめ用意していた焼き菓子を運んだ。

「まずは冷たいものをどうぞ。もし、コーヒーや紅茶が飲みたくなったら言ってくださいね」

「ありがとう」

「そんなに気を遣わなくていいから、茉莉ちゃんも座って座って」

堀田先輩に促され、私は薫さんの隣に座る。

「で、聞かせてくださいよ、ふたりの馴れ初め。いったいどういう経緯で結婚に至ったんですか？」

私が返答に困っていると、薫さんの手が伸びてきてこれ見よがしに肩を抱かれた。

「そりゃあもう。十年も愛を育んだ上での満を持しての結婚だよ」

薫さんの口から飛び出てきた大ぼらに、私は笑顔のままかちんと固まる。しかも、事前打ち合わせより交際期間が延びている。

彼の手は私の腕を優しく上下に撫でていて、随分と演技に気合いが入っているんだなぁとたじろいだ。

「葉山崎先輩、連絡絶たれてたじゃないですか」

「愛の力で再会できたんだよ」

「薫くんが『愛』とか言うとすごく嘘っぽいわ」

やはり私と薫さんの組み合わせは意外だったのだろう、ふたりとも半信半疑といった顔をしている。

「それにしても、心配したんだよ。急に連絡が取れなくなっちゃったから」

堀田先輩の言葉に私はすかさず頭を下げ、ずっとできなかった謝罪をした。

「あのときはいきなり姿を消すような真似をしてすみませんでした。みなさんにどう説明したらいいかわからなくて――」

瑠里子先輩はたいして興味のなさそうな顔で「そうなの?」と横にいる堀田先輩に尋ねる。卒業間近で部室にもあまり通っていなかったから、やはり詳しい事情を知らないようだ。

堀田先輩は苦笑いを浮かべながら「謝らなくていいよ」と手を振った。

「事情があったんでしょ? でも、もっと頼ってくれてもよかったのに」

「本当にすみません」

「こうしてもう一度会えてよかったよ。まぁ、葉山崎先輩と結婚したあとだったってのが、俺的にはちょっと悔しいけど」

「え?」

私が首を傾げると、堀田先輩は何か言いたげに肩を竦めた。クスリと笑う瑠里子先輩に、あきらかに不機嫌な声で「無視してくれていい」と言う薫さん。

「とにかく、目的は果たしたんだろ? さっさと食べて帰ってくれ。新婚の貴重な時間を邪魔するな」

薫さんのつれないひと言にふたりは口々に不満を漏らす。

しかし、大学の頃の思い出話が始まると、思いのほか盛り上がり、薫さんの顔も笑顔になった。

私が大学を去ったあとの話を堀田先輩が聞かせてくれる。

女性に興味がないと公言していた部長に彼女ができたとか、部員が作った密室トリックを検証するためにみんなで泊まり込んだとか、そのトリックを使って書いた小説がミステリー小説大賞の優秀賞を受賞してしまったとか。思いのほか楽しい話が飛び出してきて、私は声をあげて笑ってしまった。

薫さんはたびたびふたりに早く帰れと促していたけれど、結局私たちは四時間以上話し込んでいた。


ふと会話が途切れたとき、堀田先輩が提案してきた。

「そろそろお腹空きましたね。なんか頼みます?」

「飯まで食べていくつもりかよ」

薫さんが心底疲れた顔をする。

「いいじゃない。滅多に集まれないんだから。あ、私、気になるお店があったの!」

そう言って瑠里子先輩は、ここに来る途中に通りかかった創作イタリアンのお店を提案する。

薫さんはすでに何度か食べたことがあるそうで「確かにその店はおいしかった」と頷いた。私も食べてみたい。

「テイクアウトもあるみたいだから、持ち帰ってきてみんなで食べましょうよ。私、買ってくるわ」

そう言って瑠里子先輩が立ち上がる。でも、彼女ひとりに重たい荷物を運ばせるわけにはいかない。

「じゃあ、私もお手伝いしますよ」

一緒になって立ち上がると、瑠里子先輩は「茉莉ちゃんに荷物を持たせるのは気が引けるわね」と苦笑した。

「俺、荷物持ちはパスで。腕、まだ力を入れると痛むんで」

すかさず堀田先輩が腕をさする。シャツの袖口から見える大きな傷痕のことは気になっていた。学生時代にはなかった気がするのだが。

「その傷、最近の怪我ですか？」

「コレね。実は赴任中に大使館が戦場になったの」

「ええ!?」

さらりと衝撃発言をされ、私は驚きに声をあげたが、ふたりはもう知っていたようで動揺もしない。

一方、堀田先輩が行きませんと宣言したことで瑠里子先輩の目線が薫さんに向かった。荷物持ちは自分しかいない――そんな空気を察知して、薫さんが嘆息する。

「直接食べに行こう。うちに運んでくるよりその場で食べた方が絶対にうまいだろ」

「ここで食べた方がゆっくりできるんじゃない？　日曜だもの、絶対混んでるわよ」

「同感」

「いいから全員で行くぞ。ほら、立った立った」

薫さんは頑なに瑠里子先輩とふたりで行くのを拒む。

おそらく、私と堀田先輩がふたりきりにならないように気を遣ってくれているのだろう。私が先輩に気まずさや申し訳なさを感じていると察してくれたのだ。

「大丈夫ですよ、薫さん。行ってきてください。私、堀田先輩とお留守番していますから」

気を遣わせないように言ったつもりなのだが、薫さんはぎょっとした顔をする。

「あのなぁ、茉莉……」

なんだかもの言いたげな顔で、私と堀田先輩を代わる代わる睨んだ。

「茉莉ちゃんがそう言ってくれてるんだもの、行くわよ！」

見かねた瑠里子先輩が薫さんの腕を掴む。

「おい！　上野、離せって！」

強引に玄関まで引きずられていく薫さん。

やがて「デリバリーでよくないか!?」「直接メニューを見たいのよ」「だいたいお前ら、人ん家に来て厚かましいぞ！」「お祝い持ってきてあげたんだから接待しなさいよ」なんて盛大な言い争いの声が聞こえてきたけれど、観念したのかふたりは玄関を出ていった。

「仲良く出かけていったね、先輩方は」

堀田先輩は玄関の方に目をやりながらにこにことコーヒーを口に運ぶ。

「仲良く……なのかはわかりませんが」

私が苦笑いを浮かべると、堀田先輩は「仲良くだよ」と念を押して、わざわざテーブルを回り込みこちらにやってきた。

薫さんが座っていた場所——私の隣に座り直す。

「あのふたり、昔から怪しかったじゃない。噂とか聞いたことない？」

ドキリとして思わず目を逸らした。

交際疑惑のことを言っているのだろうけれど、過去をどうこう言うつもりはないし、そもそも本当に知らないのだからとぼけるしかない。

私は「さぁ。よくわかりません」と首を傾げた。

「みんな『瑠里子先輩』って呼んでるのに、葉山崎先輩だけ頑なに『上野』って呼んでるところもさ。カモフラージュしてる感ありありだよねぇ。そもそも瑠里子先輩の方は『薫くん』って下の名前で呼んでいるし」

「……そうでしょうか？」

薫さんは昔から女性のことを下の名前で呼びたがらない。以前、理由を聞いたら『勘違いされたら困るから』とのこと。モテ男ならではの悩みである。

だから、その部分に違和感を覚えたことはなかったのだが――。

「庁舎内でも、あのふたりの交際疑惑は結構有名な話なんだ。まぁ、葉山崎先輩が結婚したことで、もう誰も口にしなくなったけど――みんな心の中では不倫してるって思ってるのかもしれないな」

不安を煽られ、胸の奥でじわじわと疑念が燻ぶり始める。

堀田先輩はどうして私にそんなことを伝えるのだろうか。

「そう思ってるんでしたら、今日、瑠里子先輩を誘ったのはなぜです？」

仮に不倫が事実だったとして、妻と夫の不倫相手を鉢合わせにしようなんて、普通は考えることじゃない。

するとと、堀田先輩がニヤリと口の端を跳ね上げた。

「葉山崎先輩のリアクションが見たくて。案の定、困っていたね。早く帰れってしきりに言って。俺って意地悪かな？」

正直、悪趣味だと思う。相手の嫌がることをしようと企んでいたなんて。

以前はこんな悪ふざけをする人ではなかったと思うのだけれど。

薫さんがいなくなった途端、彼の纏う雰囲気が変わって少し気味が悪い。

「茉莉ちゃんは大丈夫？　葉山崎先輩の奥さんなんて、大変なんじゃない？　あの人、結構俺様でしょ」

「そんなことありませんよ、優しくしてくださいます」

「そっか。一応、茉莉ちゃんの前では紳士的にしているんだ。よかった、すごく心配だったから」

堀田先輩は不気味なほど優しく微笑んで、私の左手を取る。左手の薬指にはまっている結婚指輪を目にした途端、彼の笑顔が引きつった気がした。

「大丈夫ですよ。心配していただくことは何も――」

「どうして葉山崎先輩は、瑠里子先輩じゃなく茉莉ちゃんと結婚したんだと思う？」

明け透けに尋ねられ、ぎょっとして左手を引っ込めた。先ほどからなぜ意地悪な言い回しばかりするのだろう。

「……さぁ。私にはなんとも」

興味のない振りをしてごまかそうとするが、彼は話をやめてくれない。

「葉山崎先輩はずっと海外赴任していたし、瑠里子先輩も頻繁に海外を飛び回ってるような人だし、まぁ、一緒に生活するなんて想像もつかなかったんだろうね。だいたい、瑠里子先輩は男に合わせて仕事を妥協するようなタイプじゃない」

私と同じ結論。でも、自分の頭で考えるよりも、誰かに突きつけられる方が数倍現実味を帯びていた。本当は瑠里子先輩と結婚したかったんじゃ――そんな疑念から目を逸らせない。

「何が言いたいんです？」

「言っただろう？　君が心配なんだよ。葉山崎先輩は結構酷い男だから、騙されているとしたらかわいそうだ」

親切を装いながら、さっきから私の不安を煽ったり、薫さんの悪口を言ってばかり。なんとなく嫌な感じがして、堀田先輩から体を離す。

堀田先輩は警戒心剝き出しの私を見て苦笑し、もといた正面の席に戻っていった。

テーブルの上のコーヒーに手を伸ばし口へ運ぶ。

「葉山崎先輩は結婚と恋愛を分けて考えているのかな。君からは安心感をもらって、刺激は別の女性に求めてるのかも」

「それは想像に過ぎませんよね」

「備えあれば患いなし。浮気の証拠は摑んでおいた方がいいよ。離婚するならいい弁護士を紹介する」

遠慮なく心を抉られて胸が痛んだ。薫さんのことを信じていないわけではないけれど、不安が膨らんでしまう。

――薫さんの心には、別の女性がいるかもしれない。

覚悟はしていたはずなのに、どうしてこんなに悲しい気分になるのだろう。

「……ごめん、暗い話になっちゃったね。話題を変えよう。茉莉ちゃんを悲しませたくて一緒に留守番したわけじゃないんだ」

すると、彼は腰ポケットに入っていた携帯端末を取り出し、私へ差し出した。

待受画面に表示されていたのは、イスラム圏の寺院などに用いられる象徴的な丸い屋根と白い石造りの柱、壁面を飾るアラベスク模様――モスクだろうか。

「これ。俺が赴任していた国。今は内戦が激化して渡航禁止になっているし、大使館も閉館されてしまったけど、観光するには素晴らしい場所だったんだよ」

「わぁ……」

彼が画面をスワイプすると、イスラム建築の建造物やそこで生活する人々の写真がたくさん出てきた。

中東に行ったことのない私にはすべてが新鮮で、画面に釘付けになる。

「茉莉ちゃんはこの八年、何してた？　書道家になったって言ってたっけ？」

「はい。依頼を受けて作品を作ったり、習字教室を開いたり」

「習字教室!?　へぇ！　じゃあ、先生なんだ」

私は自分の携帯端末で習字教室のウェブサイトを開き、堀田先輩に見せた。子どもたちが書道をしている姿や教室の写真がアップされている。

「すごいね。茉莉ちゃんはどういう字を書くの？」

「私はこういうものを書いています」

自分の作品の写真を見せると、堀田先輩は「アーティストって感じだなぁ」と感嘆の声をあげた。

「写真、もっとあるの？　見せてもらっていい？」

「ええ」

堀田先輩に携帯端末を手渡し、書道作品を見てもらう。

そのうち彼が画面をタップし始めたので、不思議に思い私は身を乗り出した。

「先輩……？」

隠すように端末を遠ざけられたので、違和感を覚え彼の横へ回り込む。

「……！」

堀田先輩が開いていたのは通話画面。彼が通話アイコンをタップすると、彼の手元にある端末がブブッと震えた。

私の端末に残った発信履歴を指差し、彼が説明する。

「これ、俺の番号。もしも何かつらいことがあったり、葉山崎先輩と喧嘩したら連絡して。頼ってくれていいからさ」

言い換えれば、彼の端末にも私からの着信履歴が残った――つまり、番号を知られてしまったということ。番号を教えるのが嫌というわけではないけれど、勝手なことをされて少し気分が悪くなる。

「そこまで心配していただかなくても大丈夫ですよ。夫婦間の問題は自分たちで解決しますから」

暗にこれ以上踏み込まれたくないと言ったつもりだったが、堀田先輩は私の警告をものともせずにっこりと笑った。

「浮気の証拠を見つけたら連絡するね」

返答に困り言葉を失う。薫さんが浮気をしているだなんて考えたくない。

だが万一、本当に浮気の証拠を突きつけられたら、私はどうしたらいいのだろう。

婚前契約書に従い、慰謝料をもらって離婚する？

薫さんとの結婚生活を、ふたりで過ごす穏やかな時間を、今さらなかったことにできるだろうか。

そこへ「ただいまー」という声が玄関の方から響いてきた。薫さんと瑠里子先輩が帰ってきたのだ。

ふたりはビニール袋をそれぞれ両手に抱え、リビングに戻ってくる。

「まったく、上野があり得ない量を頼むから。今日の夕飯は耐久レースになると思ってくれ」

「いろんなお料理をちょっとずついただきたいじゃない？」

ふたりのやり取りから特別な空気を感じ取り、胸がもやもやした。

堀田先輩に変なことを吹き込まれて過敏になっているせいもある。けれど、薫さんのちょっと不機嫌な目つきも、面倒そうな口調も、私の前では決して見せてくれないものばかり。

——これって特別な関係ってこと……？

私の知らない薫さんを瑠里子先輩は知っている気がして、すごく羨ましくなってしまった。


ふたりが帰ったのは二十一時を過ぎたあとだった。

久しぶりに同窓の先輩たちと過ごす賑やかな一日だった。もちろん、予期せぬこともたくさん起きたけれど。

「すまない、茉莉。こんなことになるとは思わなかった」

薫さんが夕食の後片付けをしながら、しきりに謝罪してくる。

「こんなことって、なんですか？」

あまり気にするのもよくないかなと思い、私は食器を洗いながらとぼけてみた。

このまま話を終わらせてくれてもよかったのだけれど、薫さんは掘り下げてくる。

「これまで茉莉は大学の人間を遠ざけてきただろう。つらかったんじゃないかと思ってさ」

「いえ、ちょうどいい機会だったと思いますよ」

薫さんの妻になったからには、避けては通れない道だ。

彼はまだ大学の人たちと連絡を取り合っているし、今後も付き合いは続いていくのだから、逃げるばかりではなく積極的に関わっていかなければ。

「連絡を絶ったことも謝罪できましたし」

私が本当に気になったのは、薫さんと瑠里子先輩の関係の方だけれど、わざわざ言うことじゃない。気にしない振りで食器を洗い流していると、薫さんは私の横に回り込み声のトーンを下げた。

「不愉快な思いをしただろう、堀田が余計なことを言い出したから。俺と上野の関係がどうとかって」

「それは……」

ぴくりと体が反応し、手が止まる。

「過去に薫さんが誰と付き合っていようが関係ありませんよ」

過ぎたことを今さらどうこう言うのは間違っている。ましてや私と薫さんは、お付き合いをしていたわけではないんだし。

そう自分に言い聞かせ、胸のもやもやを押し込めていると。

「それでも、自分の夫が別の女性とどうこう言われるのは不愉快に決まってる」

薫さんの言葉にハッとさせられ、水道の水を止めた。

私たちは契約結婚だから、こんな感情を抱くのはお門違いかと思っていた。

でも、これは普通のことなのだろうか。夫と親しくしている女性を見て不安になってしまうのは、妻として許されること？

「……本当はちょっと、嫌でした」

素直に白状すると。

薫さんが私の体を反転させ、自身の胸の中に抱き込んだ。突然の抱擁に驚いて、私は目を白黒させる。

「か、薫さん、私、手が濡れて――」

「ごめん」

手からぽたぽたと水が滴っているのもかまわず、薫さんは私のことをぎゅっと強く抱きしめた。

「嫌な思いをさせて本当にごめん」

「あの、そんな、謝るようなことじゃ……！」

だって薫さんは何ひとつ悪いことをしていない。堀田先輩が勝手に言い出したことを、私が勝手に気にしてもやもやしていただけなのだから。

なのに、薫さんはさも自分が悪いかのように謝罪して、私を力強く抱きしめる。

「茉莉を不安な気持ちにさせた。夫失格だ」

「失格だなんて、大袈裟な……」

薫さんが謝るようなことじゃないのに。

それでも、彼の真摯な態度は嬉しかった。彼がくれる温もりに安堵して、不安感が薄れていく。

抱きしめてもらえることが、こんなに嬉しいだなんて知らなかった——ううん、すっかり忘れていた。

過去に一度、私はこうやって薫さんに慰められたことがある。すべての事情を打ち明け『もう誰を信じればいいのかわからない』と弱音を吐いた私に、彼は『俺のことだけ信じてろ』と言ってくれた。あのとき抱いた感情が胸に蘇ってくる。

——葉山崎先輩のことが好き。

彼への想いを自覚しながらも、この感情はいずれ身を滅ぼすことになるだろうと、忘れるよう努めてきた。両親のように愛が冷めて離婚するなんて絶対に嫌だ。

恋愛も結婚もしない方がいい。恋なんてするだけ無駄。

なのに。今さら懐かしいような、ときめくような感情が湧き上がってくる。

──私は薫さんのことが……好き？

ずっと気持ちに蓋をして生きてきたのに、一度自覚してしまうと余計に胸が苦しくなる。

「上野とは何もない。本当にないから」

「……はい」

「茉莉は何も心配しなくていい。必ず俺が幸せにするから──」

薫さんが私の脳に刷り込むように耳元で囁きかける。

その優しさが嬉しくて、痛くて。

濡れた手のまま彼の背中をぎゅっと抱きしめ返した。


あれから半月。私と薫さんの距離は、少しだけ縮まった。

薫さんはことあるごとに私の肩に触れたり、手を握ったり、頬にキスをしたりして、夫であることを主張するようになった。

彼いわく、夫婦生活を円滑にするためのコミュニケーションなのだとか。

「茉莉。行ってくる」

出勤前、仕立てのいいスーツに身を包み、今日も気品漂う彼。玄関で見送る私の頬に、お決まりのように軽くキスをする。

「……薫さん、ちょっとこれ、大袈裟じゃありません？」

「そうか？　挨拶みたいなもんだろ」

「欧米ではそうでしょうけど」

頬を押さえながら照れくささをごまかすと、薫さんは挑発的な眼差しで私に顔を近づけてきた。

「こういうことされるの、嫌じゃないだろ？」

至近距離でそんなことを確認されては、当然拒めるはずもなく。

「……それは、まぁ、そうですけど……」

つい頷いてしまった私は、自分で想像していた以上に意志薄弱なのかもしれない。

もう彼の過剰な態度を拒みきれなくなっていた。

……これは夫婦だからしているだけだ。恋とか愛とかそういうものじゃない。

必死に言い訳を探して、キスに揺らぐ自分を正当化しようとする。

すると彼は、葛藤する私の耳元に顔を近づけた。

「いつか唇にさせて」

そんな睦言めいた囁きを残し、玄関を出ていってしまった。

私はじんわりと熱くなった頬を押さえ、呆然と玄関に立ち尽くす。

……彼は意地悪だ。私が困惑することを知っててやっている。

「っと、しっかりしなきゃ」

ぽーっと火照る頬をパンパンと叩き自らを叱咤すると、リビングに戻って洗い物など残った家事を済ませた。

今日は習字教室があるから、午後には家を出なければならない。その前にデザイン書道の仕事を一件終わらせてしまいたい。

秋に開店予定の創作和食料理店のロゴデザインを頼まれた。

店名は『花鏡粋美』――上品さと華やかさを表現しつつ、こてこての和ではなく、モダンさも感じられる洒落たロゴにしてほしいとのこと。

四文字で画数も多いから、やりようがたくさんあるし、提案のしがいがある。数パターン用意して、クライアントに選んでもらうつもりでいる。

家事をこなしながら、構想をぼんやりと巡らせていると。携帯端末がブブッと鳴動し、登録されていない電話番号が表示された。

クライアントだろうか？　いたずらや勧誘だったら嫌だなぁとドキドキしながら電話を取る。

せめてプライベートと仕事で電話番号を分けておけばよかった。まぁ、開業した当初はそんな経費すら節約したいほどお金がなかったのだから仕方がないけれど。

「はい。幡名です」

クライアントであることを見越して旧姓で名乗ると。

『もしもし茉莉ちゃん？　堀田だけど』

驚いて端末を取り落としそうになり、慌てて両手を添えた。そういえば堀田先輩に教えられた番号を端末に登録し忘れていた。

「堀田先輩!?　どうされたんですか？」

『その様子じゃ、俺のことすっかり忘れてたって感じだね。どう？　葉山崎先輩とはうまくいってる？』

「もちろんです」と答えると、堀田先輩は少々残念そうに『そうなんだ』と漏らした。

いきなり不躾で警戒心が募る。

「ご用件は？」

『数週間ぶりなのに、世間話のひとつもさせてくれないの？』

「……ごめんなさい、このあと仕事が控えているので」

『それもそうか。じゃあ、さっそくなんだけど――』

ひとつ呼吸を整えて、堀田先輩が声をひそめる。

『前に話した先輩の浮気の件、証拠に近いものを見せられそうなんだ。時間、作れるかな？』

血の気が引くように目の前が暗くなり、咄嗟に近くにあったダイニングチェアの背もたれに手をついた。

薫さんが本当に浮気をしている……？　ここ数日のとびきり甘い彼が頭をよぎり、信じられない気持ちになる。

薫さんは瑠里子先輩とは何もないと言ってくれた。何も心配しなくていい。必ず俺が幸せにするからと。私はその言葉を信じたい。

「……証拠って、どんなものですか？」

もしかしたら間違いかもしれない。『証拠に近いもの』という表現をするくらいだから、確信的なものではないのだろう。

そんな期待を込めて携帯端末をぎゅっと握り締める。

『来週の月曜日の十二時半。こっちに出てこられるかな？』

こっち――つまり外務本省のある霞《かすみ》ケ《が》関《せき》駅周辺ということだろうか。月曜日は幸いにも習字教室もオンライン講座もないので時間の都合はつけられる。

だが、呼び出されて軽々しく足を運ぶのもどうかと思う。同窓の先輩とはいえ、薫さんの文句ばかり口にする堀田先輩を、本当に信じてもいいのだろうか。

彼が何を考えているのか、いまいち把握できない。

「……何を見せてくれるつもりで――」

『じゃ、詳しい場所は追って連絡するよ』

「っ、え、堀田先輩⁉」

呼び止めるもすでに通話は切られていた。言いたいことだけ言って、こちらの質問には答えてくれない――ある意味、官僚らしい立ち回り方だ。

聞きたい情報はきっちり引き出すくせに、こちらには開示してくれない、父がそんなタイプの人間だった。

「浮気の証拠なんて……」

そんなものをもらったところでどうしたらいいのだろう。責任を取らせる？

ううん、私はそんなこと望んでない。薫さんとふたりで過ごすこの穏やかな時間がずっと続けばいいと思っている。

かといって、浮気と聞かされ無視することもできなくて。

結局、私は堀田先輩の呼び出しに応じ、月曜日の十二時半、霞ケ関駅の指定された店に向かうことにした。

七月も終わりに近づき、梅雨は明け、すっかり夏らしくなった。

待ち合わせに指定されたのは、外務本省の庁舎から五分程度歩いたところにあるカフェ。霞ケ関駅の出口からもそう離れていないのに、少し歩いただけでじんわりと汗が滲む。

カフェの入口でスタッフに名前を伝えると、【Reserve】というプレートが置かれた窓際の四人席に案内された。

スタッフがすぐさまアイスティーを持ってくる。堀田先輩があらかじめ頼んでおいてくれたらしい。

携帯端末には五分遅れるという連絡。窓の外を眺めていると、急ぎ足でこちらに向かってくるスーツ姿の堀田先輩が見えた。スーツと言っても、ネクタイとジャケットは身に付けておらず、ザ・クールビズといった装いだ。

すぐに私に気づき、ガラス越しに「ごめん」と手を打ち合わせる。彼は小走りで店に入ってきて、私の正面の席に座った。

「遅くなってごめんね、上司に捕まっちゃって」

「いえ。先輩こそ、平日のお昼に抜けて大丈夫ですか？　忙しかったんじゃ――」

「平気だよ。よっぽど忙しいとき以外は外食をするようにしてる。一日中庁舎の中にいたんじゃ気が滅入るからね」

そう言って席に座ると、「暑かった～」と言ってシャツの両袖をまくった。右腕に痛々しい傷痕が見えて、思わず胸がしゅんと縮こまる。

「何頼む？　あ、外に飾ってあったランチプレート見た？　おいしそうだったよね」

早く本題に入りたいが、わざわざ昼休みを割いてくれた先輩に用件だけ済ませたいなんて言うのは失礼だろう。

ランチに付き合うつもりで「じゃあ私は、Bプレートで」とメニューを指差した。サラダとロコモコのセットだ。

「じゃあ、俺はAのローストビーフにするよ」

堀田先輩がスタッフを呼んでくれる。注文を済ませたあと、彼はテーブルの上で手を組み私に向き直った。

「のんびり世間話といきたいところだけれど〝あのこと〟気になってるよね。さっそく説明するよ」

そう言って窓の外を見つめる。目の前には大通り。周辺には官公庁やオフィスビルが多いこともあり、ランチを求め多くの人々が行き交っている。

「葉山崎先輩と瑠里子先輩は一緒に昼食を食べに行くことが多いんだけれど、その様子を見れば、ふたりが付き合っているなんて噂がどうして立つのか、理解してもらえると思う」

「それが浮気の証拠ですか？」

「百聞は一見に如かずだよ。もうしばらくすればふたりが通るはずだ」

一緒に歩いているから浮気だなんて、ちょっと極論すぎると思う。

でも、もしもふたりが一緒に歩いていたとして、それを目にした私がどんな気持ちになるのか……自分でもわからなくて少し怖い。

堀田先輩とふたりでじっと窓の外に目を向け、行き交う人々を見守り続ける。

じわじわと増してくる緊張感。十分程度経った頃、堀田先輩が通りの奥を指差して、「あそこ」と声をあげた。

まさかという思いがよぎり、胸がぎゅっと締めつけられる。

咄嗟に私たちはメニュー表で顔を隠した。メニュー表の上から覗き込むように、そのふたり組を目で追いかける。

少しずつ近づいてくるふたり。視力が無駄に一・五もある私は、幸か不幸か、相手から気づかれない距離でふたりの顔を視認できてしまった。

「薫さんと……瑠里子先輩」

ふたりであることに間違いない。並んだり少し離れたりしながら、まるでじゃれ合うように歩いてくる。

……腕を、組んでいる？

瑠里子先輩が腕を絡ませ、薫さんはそれをたしなめるかのように解く。

「新婚早々、庁舎の近くで奥さん以外の女性と腕を組んで歩いてたらまずいでしょ」

同じ仕草を見ていた堀田先輩が苦笑した。

「瑠里子先輩も酷い人だな、それくらい配慮してやればいいのに。それとも隠す気がないのかな」

メニュー表に顔を埋め、きゅっと唇をかむ。

ふたりが店の前を通過したあと、私はメニュー表を畳んで、うしろ姿を見送った。

確信に近い思いが頭を巡る。薫さんには結婚したくてもできなかった愛する女性がいるのではないか。

――『私がこの仕事に就いていなかったら、私と結婚してくれていたかもしれないんだ』――

瑠里子先輩の悲しげな表情が記憶に蘇る。

――『上野とは何もない』――

薫さんの言葉は嘘だったの？　それとも、別の女性を愛しながら、私のことも幸せにする自信があったのかな。

以前の私なら、それでもいいと思えたかもしれない。恋愛ナシの契約結婚、利害さえ一致していればそれでかまわないはずだった。

でも、今はそうは思えない。いざ結婚してみると、もっと違うものをほしがる自分がいることに気づいた。

ただ生活をともにするだけでなく、薫さんの心がほしい。本物の妻になりたい。こんなことを考えるようになってしまうなんて、契約違反だ。

しばらくすると、スタッフが豪華なランチプレートを運んできた。

でもどうしてだろう、さっきまではお腹が減っていたはずなのに、今は不思議と食欲を感じない。

「茉莉ちゃん？　……大丈夫？」

私の異変に気がついた堀田先輩が、こちらをまじまじと覗き込んでくる。

私はうつむいたまま「はい」とだけ答え、さらに深く頭を下げた。

「食べられそう？」

「……ええ。平気です」

ひと口も食べずに残すなんてお店に失礼だ。無理やりフォークを握り、サラダを口に運ぶ。

けれど、味は確かに感じられるはずなのにおいしいとは思えなかった。心が麻痺してしまっている。半分ほど食べたところで、私はあきらめてフォークを置いた。

「……ごめんなさい。やっぱり私……」

想像以上にショックを受けている自分がいる。コーヒーをひと口飲んで、ふうと短く息をついた。

結婚なんて所詮そんなものだって、心構えはしていたはずなのに。いつの間にか欲張りになっていて、薫さんの何もかもをひとり占めにしたいだなんて、ワガママなことを考えるようになってしまっていた。

「今日のこと、薫さんには黙っておいてもらえますか」

おずおずと切り出す私に、堀田先輩は険しい顔をする。

「見ない振りしようとしてる？　きちんとした対応を取るべきだよ。俺が間に入ってあげるから」

堀田先輩の言いたいことは理解できるし、不信感を抱いたまま結婚生活を続けたところで幸せに暮らしていけるのか、正直言ってわからない。

けれど、薫さんと真正面から向き合う勇気が湧かない。

「少し考えさせてください」

気持ちを抑え込むことで結婚生活を続けられるならそうすべきだ。

偽りだらけの契約結婚——最初からそうだったじゃない。

バッグからお財布を取り出した私に、堀田先輩は慌てて「え、茉莉ちゃん?」と食べる手を止めた。

「お先に失礼します。お会計、お願いしていいですか」

テーブルに千五百円を置いて、まだ食事中の堀田先輩を置いて店を出た。

ずっと涼しいところにいたせいか、暑さに負けて足元がふらふらする。

私は覚束ない足取りのまま大通りを歩いた。案の定、何もないところで足をもつらせて体がよろめく。

そのとき、うしろにいた誰かが「危ない!」と私の体を支えてくれた。

振り向くと、そこにいたのは堀田先輩。もしかして、食事を切り上げて追いかけてきてくれたのだろうか。

「先輩……ごめんなさい、お食事中だったのに」

「それより大丈夫？　顔が真っ青だ」

堀田先輩は私の横にぴったりと寄り添い、肩を抱く。

「大丈夫ですよ。地下鉄の入口、すぐそこですから」

「そんなふらふらで何言ってるの。せめて階段の下まで見送らせて」

「本当に大丈夫ですから」

肩に回る手を振り払おうとしたけれど、思いのほか彼の力が強くてあきらめた。

それに彼は善意で支えてくれているのだ、邪険にすることもできない。

幸いにも、この周辺に私の顔を知る人はいない。薫さんと瑠里子先輩のように噂になることもないだろう。目的地もすぐそこだ。

「……ありがとうございます」

しばらく堀田先輩の厚意に甘えて、手を借りることにした。

第八章　恋愛結婚にしませんか？

――『本当はちょっと、嫌でした』――

上野との仲を疑われたとき、これまで恋愛感情を表に出そうとしなかった茉莉が、とうとう嫉妬心を見せてくれた。

彼女との関係に珍しく手応えを感じ、浮かれた俺の愛情表現がエスカレートしたことは言うまでもない。

すぐにでも全身食べ尽くしてしまいたいほど愛おしいが、ぐっと我慢して可能な限り紳士に振る舞った結果が『行ってきますのキス』だった。

正直もの足りないが、我が妻は小動物のごとく臆病で、近づきすぎるとすぐに逃げてしまうから、少しずつ距離を縮めていくしかない。

時間はまだある。少なくとも、あと二、三年は本省勤務が続くだろう。次の海外赴任までには身も心も俺の妻となり、日本で夫の帰りを待っていてほしいものだが。

今は焦らず我慢すべきときだ。ここで欲に負けて茉莉を襲ってしまえば、この八年間の努力が水泡に帰す。

この日も俺は茉莉と行ってきますのキスを交わし家を出た。

登庁しデスクでPCを起動すると、同じ課の職員から電子ファイルが届いていた。

次のレセプションに向けた回覧資料だ。

前回、後輩職員が直前まで資料を仕上げないというドタバタ騒ぎがあり、こういうものは早めに頼むと忠告をしたばかりだった。

「葉山崎くん、ご希望のレセプション資料が届いていたよ」

経緯を知る正親《おおぎ》課長が背後からゆるりと声をかけてきた。

役人とは思えないほどのんびりした性格で、手の抜く場所を心得ている男だ。

それでいて大事なポイントはしっかり押さえ、自分にとって有利な方向へ進めていくのだから、ひと言でいえば〝食えないヤツ〟である。

まだ四十歳を過ぎたばかりでそのポジションに収まっているという事実が、腕の立つ何よりの証拠だ。

「ひとつ不安の芽を摘めてよかったね。次は君が主体で動くことになるだろうから」

「ええ。助かりました」

二カ月後に行われるレセプションには、在ドイツ大使館赴任中に世話になった関係者や、駐日ドイツ大使、日独双方の大物議員らを招くことになる。腕の見せ所だ。

「例の奥さんも連れてくるのかい？」

「ええ。そのつもりです」

正親課長が眉をひょいっと上げた。興味があるときの顔だ。

「あの幡名さんの娘さんだもんな。わくわくするね」

茉莉の父親を知る正親課長は、俺が妻を連れてくるのを楽しみにしているらしい。

異例の出世を遂げた敏腕職員のひとり娘は、どんなお嬢さんなのだろうと。

ちなみに、茉莉の父親にアポイントを取ってくれたのも正親課長である。

「気楽にね。君も、君の奥さんも」

そう言って正親課長はデスクに戻っていく。

次のレセプションこそ、茉莉に同伴を頼むつもりだ。

父親の仕事をよく知る茉莉は、十中八九出席者の名簿を要求してくるだろう。早めに資料を作ってもらえて助かった。

茉莉には賓客の顔と名前をあらかじめ覚えておいてもらわなければならない。

日本は人種のバリエーションが少ない国。一般人であれば、外国人の顔の区別をつけるだけで結構な重労働だ。

だが、その点、茉莉は帰国子女で海外に住んでいた経験もあるから安心だ。公用語を使った挨拶、つまり簡単な英会話も問題ないだろう。

——気負わないでくれるといいんだが。

あまり気合いを入れすぎて『外交官の嫁なんてもう嫌』と思われても困る。正親課長の言う通り、気楽に臨むのが一番だろう。レセプションパーティーは今後もことあるごとに開かれるのだから、そのたびに注力していては身が持たない。

ついでに、夫が仕事で活躍する頼もしい姿も見せないとな。

こんなことで惚れ直してもらえるのなら安いものだ。

ルーチンだった資料の回覧にもやる気が増し、俺は入念に内容をチェックした。


「薫くん！」

昼休み、カフェテリアに向かおうと廊下を歩いていると、背後から声をかけられた。この省庁内で俺のことを名前呼びする人間はひとりしかいない。げんなりとした顔で振り返る。

「何よその顔、私のことが嫌いなの？」

予想通りの人物に俺はため息をついた。パリッとしたホワイトのパンツスーツに、これから外食にでも行くのだろうか、小さなクラッチバッグを肩から提げている。

「上野。お前といると昔から周りに誤解されて嫌なんだよ。いい加減名前呼びをやめてくれ」

「気にしすぎよ。誰にどう思われたっていいじゃない」

「よくない」

彼女はマイペースを崩さず、俺の隣について歩き出した。昼休みになぜうちの課の前をわざわざ歩いているのかといえば、俺にちょっかいをかけにきたのだろう。

「で、用は？」

「仕事で教えてほしいことがあるの。ついでにランチ買いに行くの付き合って」

「業務のことなら上を通してくれ。俺の口から言えることは何もない」

こいつに関わるとろくなことがない。そう直感して適当にあしらい、歩調を速めて巻こうとすると、彼女は「ちょっと！」と憤って追いかけてきた。

「書類見てわかるような情報なんていちいち聞きにくるわけないでしょ！」

「とにかくパスだ」

「大学三年のときノート貸してやった恩を忘れたの？」

はぁ？　と俺は盛大に顔をしかめる。いったい何年前の恩を盾に取る気だ。

「私のノートがなければ、あなた単位落としてたわよ？」

「インフルエンザで病欠したかわいそうなクラスメイトに無償でノートを貸してやろうっていう善意はないのかよ。そもそも、当時さんざんせびられて恩の返済は満了したはずだが？」

その恩の返済のせいで、ふたりきりで食事に行っただけのなんだのと、周囲から関係を疑われるようになったのではないか。茉莉には勘違いされるし、最悪だ。

「ランチを奢れって言ってるわけでも、一緒に食べようって言ってるわけでもないのよ？　買いに行こうって言ってるの。こんなにハードル下げても嫌なわけ？」

……それはハードルを下げたことになるのだろうか。もはや反論するだけ無駄な気がしてきた。

昔から彼女のこういう、有無を言わさぬところが苦手だ。だからこそ距離を置きたいのだが、置けば置くほどムキになって付きまとってくるからまいる。

上野への態度は気兼ねないなんて微笑ましいものではなく、本気で嫌がっているのだと、早く周りに気づいてほしい。

仕方なく彼女に連れられて庁舎を出た。まぁ、仕事と言われては無下にするのもはばかられる。

店の多い通りへ行きたいのだろう。俺が道を曲がろうとすると、「ちょっと待って」

と彼女が俺の腕を引いた。

「こっちよ」

「は？　あっちには店なんてほとんどないだろう。カフェくらいしか――」

「タイ料理のキッチンカーが出てるらしいの。おいしいって評判よ」

そう言って俺の手に腕を絡め引っ張っていく。信号を渡りきったところで「いい加減離せって」と彼女の腕を振り払った。

「ちょっとくらいいいじゃない」

「冗談じゃない。こっちは新婚なんだ。変な噂を立てられたくない」

その後も妙に絡んでくる彼女をあしらいながら、お目当てのキッチンカーに到着。確かに盛況なようで、近くで働いているサラリーマンやＯＬが多く並んでいた。

「私、カオマンガイ弁当にする」

カオマンガイ――茹でた鶏をその出汁で炊いたライスに載せ、甘辛いタレをかけるタイ料理だ。

惹かれはしたが、やはりタイとくればガパオライスだろう。ひき肉をバジルやナンプラー、唐辛子などで炒めて目玉焼きと一緒にライスに載せるアレだ。

「あなたは？」

「俺はガパオ弁当」

それぞれ会計を済ませ、弁当を受け取る。

「で、なんだよ、教えてほしいことって」

「本省勤務には慣れた？　こっちは面倒なことも多いでしょう。でも、情報の流れは速いしまとまってるから、あっちで確認するよりは楽かも――」

どうも回りくどいことを聞いてくる彼女に、俺は直感した。

「お前、本当は俺に用なんてないんだろ」

彼女の目元がぴくりと引きつる。ごまかすように「あるわよ、欧州の情勢についても聞きたかったし――」と取り繕うが、そんなことは書面で充分確認できることだ。わざわざ俺を呼び出す必要もない。

「なんなんだ、最近になって妙に突っかかってきて」

俺が結婚した途端、無駄に絡んでくるようになった彼女。

堀田とふたりで自宅に押しかけて来たときも態度がおかしかった。今思えば、茉莉にプレッシャーを与えるようなことばかりしていた気がする。

手土産の和菓子についても、俺の好みがどうこうと知ったようなことを口にしていたが、何度記憶を辿っても彼女と一緒に和菓子を食べた覚えなどない。

かろうじて思い出したのは、大学時代に部長が京都の帰省土産に栗最中を買ってきて、部室で部員たちと食べたことくらいだ。あれはおいしくいただいた。

「ねぇ。聞いてもいいかしら」

庁舎までの帰り道、彼女が静かに切り出す。

「六年間も海外にいたのに、急に結婚を決めたのはなぜ？　その間、茉莉ちゃんとお付き合いなんてしていなかったんじゃないの？」

なぜそんなことまで答えなければならないのかと不満を感じながらも、俺は渋々口を開いた。

「していたさ。結婚はずっと考えてた」

「それにしては、あなたと茉莉ちゃんは随分と他人行儀に見えたけど。まるで取ってつけたみたい。もしかして、恋愛結婚じゃないんじゃない？」

気の強い眼差しで上野が俺を睨んでくる。恋愛結婚じゃない――だとしたらどうだっていうんだ。

「余計なお世話だよ」

一蹴すると、彼女の足が道の真ん中でぴたりと止まった。

「おい、上野？　どうした、急に止まって」

通行人の妨げになっている彼女を道の端に寄せる。彼女はしばらく考え込んだあと、再び俺を睨みつけてきた。

「どうしてあの子を選んだの？」

「は？　お前には関係ないだろ」

「あるわよ、だって……！」

突然胸元に飛びかかられて、俺はぎょっとたじろぐ。その目に彼女らしからぬ涙が滲んでいることに気がつき、さらに困惑した。

「もし私が外交官じゃなかったら、私を選んでくれてたかもしれないじゃない！」

……そういえば何度か、彼女から付き合おうと持ちかけられたことがあったか。

交際を断ったのは仕事のせいではない。

泣いている女性に冷たくあたるのは趣味じゃないが、はっきりと言わなければ余計にこじれるだろう。俺は「あのな」と彼女の体を押しのけた。

「言っておくが、職業どうこうで結婚相手を選んだわけじゃない。俺は茉莉を愛してる。茉莉が書道家になろうが、外交官になろうが、そんなことは関係なくプロポーズするつもりだった」

まだ茉莉にすら話せていない本心を初めて言葉にする。

これを最初に聞いてもらうのは茉莉であってほしかったが、俺がこれまで上野に対して曖昧な態度を取っていたというなら、清算した上で茉莉に向き合うのが筋だ。

「俺と茉莉の間には、八年間積み上げた俺たちなりの絆がある。他人行儀だなんだのってお前の物差しで測るなよ」

誰に理解されたいとも思わない。いや、理解されたくもない。

茉莉は俺を信頼し慕ってくれている。そんな彼女を俺は全力で守りたいし、できる限りそばにいたいと思う。

いつか俺が海外赴任するそのときは、ついてきてくれなくていい。

だが、帰国したとき、おかえりと言ってほしい。他の男に目を向けることなく、俺の帰りを待っていてほしい。

それが俺たちなりの夫婦愛だ。

「俺と茉莉は深く愛し合ってる」

上野は呆然としていたが、やがて目を逸らし「なんなのよ」と苛立った声をあげた。

悪態をつく元気があるなら大丈夫だろう。

「庁舎に戻るぞ。弁当を食べる時間がなくなる」

上野がうしろからついてくる気配を確認しながら、ひとりさっさともと来た道を歩く。しかし、庁舎の近くに差しかかったところで、気になるうしろ姿を見つけ足を止めた。

ベージュ色のワンピースを着た女性が、男に肩を抱かれて歩いていく。

あのワンピースの柄には見覚えがある。細い肩、緩く結ばれた髪にシンプルなバレッタ、低めのパンプスに上品な革のバッグ。

「茉莉……？」

その茉莉らしき女性の肩を抱く男の右腕に大きな傷があり、胸の奥からぞっとするような怒りが込み上げてくる。

「茉――」

走り出そうとしたとき、うしろから腕を摑まれ阻まれた。

「落ち着きなさいよ、見れば浮気してることぐらい一目瞭然でしょ!?　そんなところに突っ込んでいってどうする気よ！」

振り返ると、上野が俺の腕を引っ張りながら首を大きく横に振っていた。

黙って見ていろと言うのか。冗談ではない。妻が目の前で男の手にかかろうとしているのに、じっとしていられるわけがないだろう。

「ふざけるな。引き離すに決まってるだろ」

「茉莉ちゃんは昔っから堀田くんのことが好きだったの。あなたが今まで気づかなかっただけよ」

俺を揺さぶりたかったのかもしれないが、生憎、一パーセントも茉莉を疑っていない俺がその程度で疑心暗鬼に陥るはずもない。即座にはったりだと判断する。

上野の腕を今度こそ振り払うと、俺はふたりのもとへ駆け出した。あと一〇メートルというところで足音に気づいたふたりが振り向く。

「茉莉!!」

堀田を弾き飛ばし、茉莉を抱き込むようにしてふたりの間に身を滑り込ませた。

「薫さん……!!」

茉莉は俺の腕の中で身を強張らせ、大きく目を見開いている。

「茉莉！　なぜこんなところにいる！　堀田に何を吹き込まれた!?」

問答無用で疑いをかけられた堀田は「失礼だな」と俺のうしろで文句を垂れた。

その間も、俺は一心に茉莉を見つめ、彼女の眼差しを逃しはしない。

「……薫さん、こそ」

おずおずと切り出した茉莉が、眉間に皺を寄せてふいっと目を逸らす。

「瑠里子先輩と一緒に、どこへ行ってたんですか……」

茉莉の言葉に俺は凍り付く。俺が上野と一緒に歩いていたのを見てたのか？　いつからだ、いったいどこにいた？

すぐに堀田の仕業だと気づき、彼を睨みつける。

「貴様――」

「待った待った、葉山崎先輩、何か誤解していません？」

慌てて堀田は両手を掲げ降参のポーズを取り言い訳した。

「俺が茉莉ちゃんをたぶらかしたわけじゃありませんよ。誘ってきたのは茉莉ちゃんの方なんですから」

堀田の言葉に茉莉の肩が震える。

「そんな、私は……！」

「あれ、違いました？　ふたりでゆっくり話したいって、俺を呼び出したのは茉莉ちゃんだったじゃないですか。葉山崎先輩には内緒でって」

「っ……！」

茉莉が口元を押さえ硬直する。俺と堀田を交互に見つめ、パニックになっている様子だった。

茉莉が何も言い訳しないのをいいことに、堀田は饒舌に語り出す。

「家に遊びに行ったあの日、葉山崎先輩に隠れて電話番号を交換して、それから何度か連絡を取り合って――」

しかし、俺の冷ややかな眼差しに気づき堀田は口を閉じた。

「黙れ」

俺が心底激昂していることがわかったのか、笑顔が消える。

「……茉莉。きちんと話をしよう。今日は習字教室はないな？」

茉莉は混乱しながらもこくりと頷く。思い詰めた表情をしている彼女に、ゆっくりと言い聞かせた。

「今日、十九時に必ず帰る。家で待っていてくれ」

「で、でも……」

「必ずだ。約束だぞ」

そう念を押すと、俺は通りがかりのタクシーを捕まえ、茉莉を後部座席に押し込んだ。財布から出した一万円を運転手へ手渡し、自宅への道筋を伝える。

困惑しきりで今にも泣き出しそうな茉莉の頬に手を添え、なだめるようにそっと撫でた。顔を近づけて簡潔に告げる。

「茉莉。愛してる」

わずかに震える彼女の唇に、自身のそれを軽く押しつける。

茉莉はひくりと震え、涙をじんわりと滲ませ俺を見つめた。青かった肌にわずかに赤みが差していく。

「必ず待っていてくれ」

そう言い置いて、俺は後部座席から身を引いた。

数歩下がるとドアが閉まり、ほどなくしてタクシーが走り出す。茉莉は窓ガラスに手をついて、もの言いたげな目で俺を見つめ続けていた。

車を見送ったあと、いたたまれない表情で佇む堀田と上野を睨み見る。

「お前ら、いったいどういうつもりだ」

上野はサッと目を背け、堀田は観念した顔で肩を竦める。おそらくふたりは共謀していたのだろう。

「だってあなたたち、うまくいってなさそうだったから」

ぼそりと言い訳のように呟いた上野に、堀田が「瑠里子先輩」とたしなめる。

「だって茉莉ちゃんが話してたのよ！　結婚したのは愛じゃなくて、ただの利害の一致だって。だから堀田くんと協力して――」

「瑠里子先輩、落ち着いて」

「堀田くんだって、茉莉ちゃんのことがあきらめきれなかったんでしょう!?　だからちょっと揺さぶればチャンスがあるんじゃないかって――」

「瑠里子先輩、頼むから黙って」

堀田の声に苛立ちが混じる。

俺はできる限り冷静な声で「上野」と声をかけた。怒りがふつふつと沸いてくるが、興奮している人間に声を荒らげたところで収拾はつかない。

「俺は妻のことしか見ていない。愛しているのは茉莉だけだ」

さぁっと青ざめていく彼女。が、しばらく経つと今度は逆に赤くなり、居心地悪そうに目を逸らした。

「話が違うじゃない。私、バカみたいだわ。知ってたらこんなこと……」

ひとりごちてサイドの髪をうざったそうにかきあげる。

俺は上野から視線を移し、その脇で観念したように苦笑いを浮かべている堀田を真っ直ぐに見据えた。

「それから、茉莉が愛しているのも俺だけだ」

堀田は、ひくりと頬を引きつらせる。上野とは反対に、納得したとは言い難い表情だが、親切に反論を聞いてやる義理もない。

「余計な小細工でひとの家庭を引っかき回さないでくれ」

最後に厳しい口調で言い置くと、ふたりを残し、俺はひとり庁舎に戻った。

＊＊＊

――『茉莉。愛してる』――

突然与えられたキスが忘れられない。

なぜそんなことをしたの？　私たちの間に愛は生まれないんじゃなかったの？

半ば強引に乗せられたタクシーの後部座席で、私はずっと自身の唇を押さえ考え込んでいた。

妻が自分以外の男に肩を抱かれていたら、普通であれば十中八九、浮気したと考えるだろう。

ましてや堀田先輩は、さも私が誘ったかのように薫さんを煽っていた。咄嗟のことで何の言い訳もできず、そんな私の態度が疑惑を余計色濃くしたに違いない。

私だって、薫さんと瑠里子先輩が腕を絡ませて歩いている姿を見て、ふたりはそういう関係なのだと疑ったもの。

なのに、どうして薫さんは私を責めなかったのか。

別れ際の彼の表情が脳裏に焼き付いている。あれは、私を疑っているような目ではなかった。心配してくれているのがありありと伝わった。

なぜ愛しているだなんて言って、キスをしたの？

ふたりに見せつけるため？　夫婦としての体裁を保つため？　妻としての私を立てるため？

仕方なくしたことだったのだろうか。それとも……。

ぼんやりと考え込んでいるうちに、タクシーは自宅に到着した。


午後からはデザイン書道の仕事を予定していたものの、こんなぐちゃぐちゃな気持ちで筆を揮えるわけがない。今日の仕上がりはさんざんで、早々にあきらめて筆を置いた。

夕食でも作って薫さんの帰りを待つことにする。でも、あんなことがあった直後にのんびり食事をしようなんて空気になるだろうか。現に食欲がまったく湧かない。

だが、悶々と考え込んでいるよりは、何かに集中した方が気も紛れるというもの。

黙々と家事をこなし、簡単なサラダとパスタを作りながら夜を待つ。

約束の十九時を過ぎた頃、玄関の扉が開く音が聞こえ、私は盛りつけの手を止めた。廊下のセンサーライトが灯る。薫さんが帰ってきたことを確信し、私はキッチンを出た。

いったい何から話せばいいのか。とにかく、浮気をするつもりなどなかったことだけは、きちんと伝えよう。信じてくれるかどうかは別としても。

人影とともにリビングのドアが開く。

「薫さん！　あの――」

言い募ろうとした、その瞬間――。

「茉莉……！」

部屋に飛び込んでくるなり、薫さんはビジネスバッグを放り出し、私を強く掻き抱いた。

「か、薫さん!?」

まさかそんなアクションが来るとは思っていなかった私は、呆然と彼の胸に顔を埋める。

「茉莉、不安にさせて悪かった。俺は誓ってお前を裏切るようなことはしていない。上野と一緒にいたことに仕事以上の意味はないんだ。何度も嫌な思いをさせて本当にすまない」

謝罪のオンパレード。疑惑がかかっているのはこちらも同じはずなのに、どうして彼は私を責め立てず謝ってばかりなのだろう。

「あの、薫さん……私のことは聞かないんですか？」

「茉莉のこと？」

「どうしてあの場にいたのか、とか」

むしろ聞いてくれと言わんばかりに主張してみると。

「もし堀田に脅されているのなら言え。二度と茉莉にちょっかいをかけられないようにしてやる」

目を据わらせてそんなことを言うものだから震え上がった。なんだか物騒だ。

「脅されて……とかじゃないんですが。その、薫さんの浮気の証拠を見せるって言われて――」

言葉にした途端、薫さんの目がすうっと意味深に細まり、しまったと後悔した。

そりゃあ、浮気の証拠を見に行こうとしていたなんて聞かされて、平静を保てる夫がいたら見てみたい。

「あの、別に証拠がほしかったわけじゃないんですよ!?　……そりゃあ、薫さんが瑠里子先輩と腕を絡めていたときは、正直ショックではあったし、関係を疑ったりもしたけれど……でも──」

あなたを貶めようとしていたわけではない。そう言い訳しようとすると、さらに強く体を抱かれて、息もできなくなった。

「茉莉。すまない。何度も言うが、俺は上野とは何もない。茉莉以外の女性に目移りしたことなんてない」

私がショックを受けたと聞いて、なおさら彼は罪の意識を感じたようだ。気遣わしげに何度も何度も謝って、私の体を撫でるように手を滑らせた。

「あの……」

「なんだ」

「……薫さんは、私のこと、疑わなかったんですか？」

だって。夫の知らぬ間に別の男性と密会して、肩を抱かれていたわけだから。誤解される要素満載だ。

しかし、薫さんは私を抱く手を緩めると、お互いの顔が覗ける程度に体を離し、真摯な表情で私を見つめた。

「お前が浮気なんてするはずがないだろう」

絶対的な信頼を見せつけられ言葉を失った。薫さんのことをすぐ疑ってしまった私とは大違いだ。彼は私のことを心の底から信じてくれている。

「それに」と彼は指先で私の顎を押し上げる。

「俺ですらやっと口説き落とせたのに。そう簡単に他の男に奪われてたまるか」

目の前にある眼差しが妙に熱を孕んでいて、違和感を覚えた私は「え……？」と小さな声を漏らした。

「むしろお前が、浮気とかそういうことを考える打算的な女なら、もっと楽だった」

言っていることの意味がわからず、ぼんやり彼を見上げると、その熱い眼差しに絡めとられ体の自由が利かなくなった。

ふたりの間に流れるほの甘い空気に呑まれ、自然と顔が近づいていく。

「お前のガードが緩かったなら、とっくに抱いていたと思う」

「薫――」

その先の質問は言葉にはならなかった。彼の唇が私のそれに被せられ、発声を邪魔したからだ。

呆然としている間に、彼は私の唇を含んで吸いつき、舌で優しく撫でて舐め溶かした。重なったふたつの唇から潤んだ水音が漏れる。

初めて耳にするその音は、艶めいていて、それでいて清く澄んでいるようで、どこか淫靡で……。

ちゅ、と甘く弾けた音が響いて、ふたつの唇が離れた。
二、三度目を瞬いて視点を合わせると、目の前には見たこともないくらい上気した彼の顔があって。
……雄々しくて魅入られてしまう。

ぼんやりとそんなことを思えば、いつの間にかタブーとしてきた恋とか愛とかそういうものに絆されている自分がいた。

「茉莉。すまない。俺は嘘をついていた」

なぜか彼は謝るけれど、先ほど交わした濃密なキスで頭の中が満杯な私は、彼が何を言おうとしているのかさっぱり予想がつかない。

「正直に白状する。ずっと茉莉のことが好きだった。契約なんて本当はどうだっていいんだ。俺は茉莉が自分のものになれば、それでかまわなかった」

再び、彼が私の唇にかぶりついてくる。

キスはダメ、かつて口にしたそんな言葉を思い起こし逃げ出そうとすると、後頭部に回った彼の手が私の頭を押し支え、逃げ道を奪った。

「お前は頑なに男と関係を結ぶことを拒んでいたから。なんとか納得してもらおうと回りくどい真似をして――」

説明する時間すらもどかしいとばかりに、私の唇に何度も触れては、その感触を確かめる。

ワンテンポ遅れて彼の言葉が頭に入ってくる。脳の処理を邪魔しているのは触れ合う唇の感触と、彼の手の熱さ、力強さ、体に触れる硬い筋肉。

彼の男性的なすべてが、私の触覚をくすぐって理性を麻痺させている。

「本心を口にすれば、お前は怯えて逃げると思った。俺が愛しているなんて言ったら、お前はきっと裏切られたような気持ちになるだろう。だからずっと言えなかった。騙すようなことをしてすまない」

腰を強く引き寄せられ、足元がふらついた。背後にあったソファへ倒れ込むと、腕を座面に押しつけられ、身動きを封じられた。

「薫さん……」

確かめるように彼の名を呼ぶと、迷いのない鋭い眼差しが降ってきた。

「本当は、ずっと抱きたいと思ってた。契約なんて関係なく、身も心も全部、俺の妻にしてしまいたかった。……愛してるって、心の中で何度も叫んでた」

そう言い切ると、私の首筋に手を添え、再び緩く甘いキスを始める。

今度は舌を深く差し入れられ、たまらず目を閉じた。喉の奥から「んぅっ……」という悲鳴が漏れ出てくる。

厚く温かな舌で撫でられて、強張っていた体がゆっくりと解けていく。余計なプライドもこだわりも、もうどうでもいいとすら思った。

「嫉妬したようなことを言ってたな。俺と上野の関係に」

しばらくしてゆっくりと目を開けると、少し落ち着いた、でもまだどこか燻ぶった彼がじっと私を見下ろしていた。

「それは俺への独占欲じゃないのか。俺を誰にも渡したくないって思ってくれたんじゃないのかよ」

ドクンと胸の奥が震える。

「私……」

薫さんの言う通りだ。他の女性に目移りされることがこんなにも嫌だなんて自分でも思わなかった。

もう言い逃れもできないくらいに、私の中で彼は特別な存在になっていて。

「薫さんを……ひとり占めしたい」

ずっと自分を苦しめていたこの感情を正直に告白すると、彼の目から力が抜け、少しだけ緩やかな表情になった。

「そろそろお前も正直になってくれ」

諭すように彼が言う。

「私は……」

これまで頑なに愛や恋を遠ざけてきたけれど、これ以上意地を張る必要はあるのだろうか。

彼が素直に愛していると言ってくれた。それを突っぱねて、彼の気持ちから逃げるような真似をして、その先に何があるというのだろう。

私が目指していた、恋愛もしない、結婚もしない、ひとりで生きていく平穏の先に、本当に幸せはあるのだろうか。

――いや。そうは思えない。

「あなたにこうされるの……嫌じゃない」

おずおずと口にすると、彼は眉をハの字にして困ったように笑った。

「回りくどいな。されたいのか？　されたくないのか？」

「……されたい」

かつての決意がバカみたいに思えてきて、目から涙がこぼれ落ちた。

私はこれまで何がしたかったのだろう。両親が離婚していじけていただけではないのか。

自分の気持ちを押し殺して、大切な人を遠ざけて、いったいこの先の人生に何を求めていたというのだろう。

彼と一緒にいる以上の幸せなんてないのに。

「私、薫さんに、キスされたい……！」

その要求を、彼は行動で呑んでくれた。温かな彼の唇が私に至福の瞬間をもたらしてくれる。

「やっと手に入れた。茉莉、俺の妻でいてくれ」

自ら唇を開き、彼を誘う。舌を深く交わらせながら、彼の背中を強く抱きしめた。

大きくて、頼もしい体、これが私の夫なのだと、その感触を腕に刻み込む。

「私、薫さんと、ずっとこうしていたい」

願えばこの腕がいつでも私を抱きしめてくれるのだと思うと、穏やかな気持ちになれた。

夕食を終えシャワーを浴びた私は、寝間着のままリビングへ向かった。

一足先にシャワーを浴び終えていた彼が、ソファに座って書面に向かっている。

私の姿に気がつくと手招いて、自身の脚の間に座らせた。

背中から抱き寄せられとんでもなくドキドキしてしまい、胸の高鳴りがバレないようにこっそりと深呼吸する。

「何を読んでいたんですか？　お仕事です？」

「いや。茉莉と交わした婚前契約書を手直ししようと思っていた」

彼は書類をテーブルの上に広げる。お互いのサインと、片手に収まる程度の簡潔な契約が記されている。

「追記するんですか？」

「ああ。茉莉が今後嫉妬しなくて済むように、絶対に俺が不貞を働けないような条件を書いておこうかと思って」

絶対に不貞を働けない条件って何？　想像もつかなくて、逆に興味が湧く。

「たとえば？」

「国家予算規模の慰謝料とか？」

私は目を丸くする。慰謝料一〇〇兆円ときたか。

「……あまりにも不可能な条件だと、法的な効力を持たないんじゃありませんかね」

まぁそうだなと、彼は顎に手を添えて考え込んだ。

「じゃあ、こういうのは？　俺が不貞を働いた場合、全財産を贈与する」

「それもちょっと現実的じゃありませんね」

「そもそも不貞を働く気がないから、現実的なものにならない。何なら命を捧げてもいいくらいだ」

あまりにも重すぎる慰謝料に、それはいりませんと苦笑する。

「……もう、契約はやめませんか？」

恋愛結婚を認めてしまった私たちに、今さら契約なんて不要だ。

「薫さんさえよければ、普通の恋愛結婚に……」

反応を探りながら覗き込むと、彼は笑って「もちろん」と返してくれた。

私たちは、もう契約で結ばれた関係じゃない。ごく普通の夫婦になったんだ。

あらためて実感すると、なんだか少し照れくさい。

「そういえば、上野に言われたんだ。俺たち、他人行儀に見えるって」

困った顔で切り出してきた彼に、私は目をパチパチと瞬く。

「敬語、そろそろ卒業にしないか？」

彼が私の体をうしろからきゅっと抱きしめた。不意打ちで首筋にキスを落とされ、私は「ひゃっ」と悲鳴をあげる。

そんなじゃれ合いも初めてで新鮮だ。夫婦でありながら付き合いたての恋人同士のようで気恥ずかしくも嬉しい。

ふたりの絆は確かに深まっている。これから新しい関係性を築いていくのだと思うとわくわくした。

「うん、わかった。じゃあ……薫、くん」

『くん』付けは呼び慣れないけれど、いつまでも『さん』のままじゃ前と変わらない。対等なパートナーとなるために敬語はおしまいにしようと心に決める。

「なぁ、茉莉」

呼びかけられ振り向くと、彼がもの言いたげな顔をしていた。

躊躇っているのかなかなか切り出さない。私が「どうしたの」と尋ねると、「茉莉さえよければ」と前置きして、やっと話してくれた。

「これまで別々の部屋で寝ていたけれど、夫婦の寝室を作らないか？」

彼の手が私の手をきゅっと包み込む。優しくて穏やかな眼差しが、私を覗き込んでいた。

一緒に眠るってことは……やっぱりその……。

尋ねようとして、なんと尋ねればいいのかわからなくて、言葉が出ない代わりに頬が熱くなった。

「あの……うん、それはかまわないけれど、その……」

途端にしどろもどろになった私を見て、彼は苦笑する。

「茉莉に添い寝の提案は早かったか？」

まるで子どもを相手にするみたいに彼がからかう。

「そんなんじゃないってば……！　ただ、その……寝相、大丈夫かなぁとか」

「なんだよ、心配しているのはそんなことか？」

「大事なことよ！」

彼の安眠を妨害して、日中の仕事に支障をきたしたら大変だ。せっかく気持ちが通じ合えたのに、寝相の悪さで離婚とか、冗談ではない。

もちろんその他にもいろいろと不安はあるけれど、とても口にはできなかった。

「じゃあ、お試ししてみないとな」

彼が私の頭をくしゃくしゃと撫で、笑いながら提案してくる。

「今夜、俺のベッドにおいで。一緒に眠れるかやってみよう」

「はぁ……」

添い寝のお試し――ぼんやりと頷いてしまったが、よくよく考えてみたところで、それがいかに重大なことであるかに気づき蒼白になった。

これはもしかして、二カ月近く遅れて訪れた初夜というヤツではないだろうか。

急に緊張してきて、その日の夜、ベッドに行こうと誘われるまでの間、私はずっとそわそわしていた。


初めて入る彼の部屋。そりゃあ一緒に暮らしているのだし、ちらりと覗いたり、通りがけに声をかけたりすることはあったけれど〝滞在〟するのは初めてだ。

片側には書斎、反対側にはベッドが置いてあって、綺麗に片付いている。

だが感想どうこうを伝える前に、ベッドを目にした私は、途端に緊張して黙り込んでしまった。

「硬くなりすぎだろう」

凍り付いたようにベッドの脇に立ち尽くす私を見て、彼はため息をつく。

「だって……その、添い寝なんて初めてで」

「深く考えるな。隣で眠るだけだ」

「そう、よね……これだけ大きなベッドなら、寝相が悪くて突き落とすこともなさそうだし」

彼の部屋のベッドは、常々ひとり用にしては大きいなぁと感じていたのだが、どうやらダブルくらいはあるらしい。ふたりがそれなりの距離を置いて寝転んでも余裕がありそうだ。

しかし、彼は再びはぁ～と陰鬱なため息をついて、私の頭をぐしゃぐしゃと撫で回した。

「言っておくがな、茉莉。ベッドの大きさは関係ない。使うのはこの半分だ」

半分？　それってどういうこと？

ぽかんとしていると、彼は突然私を抱き寄せ、膝の裏に手を回した。

「きゃっ……！　えええ!?」

あっという間に抱きかかえられ、ベッドの上へと連れていかれる。

「添い寝の仕方、教えてやる」

私の体をベッドに横たえ、彼もその横に寝転んだ。覆いかぶさるように私を覗き込み、額に優しくキスを落とす。それだけでもう私の頭は真っ白だ。

「ほら、頭上げて」

彼の言う通り頭を持ち上げると、その下に腕を通された。これってまさか腕枕？

彼のもう片方の腕が腰に回ってきて、私を抱き込む。

待って待って、近い、近すぎる。この密着度で朝まで過ごすの？

「安心しろ。お前に心の準備ができるまで、手は出さないでおいてやる」

これが手を出していない状態なの？　嘘でしょう？

私の顔は彼の胸の中。意図せず彼の香りをたっぷりと吸い込んでくらくらした。

彼を近くで感じていると、なんだか体が火照ってきて呼吸が速くなるのはなぜだろう。女性を惑わすフェロモンでも出ているの？

「俺はすぐにでも手を出したいくらいだが、茉莉が怯えるようなことはしないと約束する」

切なげに囁いて私の腰を撫でる。ぞくりと痺れのようなものが走り、「あっ……！」と思わず声を漏らし彼にしがみついた。

「茉莉？」

「……薫、くん、あんまり、触られると……」

くすぐったくて、気持ちがよくて、変な気分になってしまう……！

私の異変を察知した彼は、それきたとばかりに舌なめずりをして、私をいっそう強く抱き留めた。

「へぇ。あんまり触られると、どうなるんだ？」

彼の口調が途端に意地悪なものに変わる。焦らすようにゆっくりと私の肌を撫で回し、指先を使ってわざとくすぐるように触れた。

「あっ……や――」

「そんな声を出されると、本気で我慢できなくなるんだが」

彼が私に唇を重ね、食んではちゅうっと音を鳴らす。ほんの少し呼吸を邪魔されただけで酸素が足りなくなるほど、心臓がばくばくと激しく音を立てている。

幾度も彼に唇を食べられ、そのたびに煽られ、いつの間にか縋るように彼の背中に腕を回していた。

「っ、薫くん、私、添い寝、向いてないみたい……」

「へぇ。どうして？」

「これじゃあ、眠れないもの……」

運動でもしているかのように鼓動がせわしない。しかも、横になってゆっくりしていても収まらないときた。

彼の腕の中にいる限り、私の体は休まらないだろう。

「じゃあ、自分の部屋に戻る？」

このまま部屋を放り出される自分を想像して、すごく悲しい気持ちになった。この熱のやり場を奪われるのは、もっとつらい……。

「それは……嫌」

「じゃあ、どうする？」

ニヤリと口の端を跳ね上げて尋ねてくる彼。もう答えはわかっているのだろう、満足げな表情で私の頬をさらりと撫で、耳朶に触れた。

私の唇から熱い吐息がふうっと漏れる。もう彼にどこを触れられても嫌じゃない。

ううん、それどころか――。

「夫婦らしいこと、したい」

涙目でそう訴えると、彼は艶っぽく微笑んだ。

指先で私の顎を押し上げ、鼻の頭に優しく口づけする。

「そんなに緊張するな。絶対に痛くしたりしないから」

「本当？」

「もちろん。気持ちがよくて、少し――」

薫くんは一瞬考え込んだあと、私の唇に舌をねじ込んで、呼吸を阻む深いキスを施した。

また少しくらりと熱に浮かされ、酔っているかのように朦朧としてくる。

「――意識が飛ぶことくらいは、あるかもしれない」

そう宣言し、ひとつキスを与える間に一枚、私の肌を隠す衣服を脱がしていった。自身もシャツの前を開き素肌を晒す。

初めて触れる彼の肌。

とても温かくて力強くて、彼が教えてくれた通り気持ちがいい。

彼と再会して八年もあったのに、どうして一度も触れ合わなかったのだろうなんて後悔してしまうくらい、それはとても心地よくて、甘美で、幸せな時間だった。

「茉莉。怖くない？」

「うん……怖くない……」

だって、薫くんと一緒ならば、何があっても大丈夫な気がするから。

「……あっ――」

彼に愛を穿たれて、やっと身も心も満たされた。

宣言された通り軽く意識は失ったけれど、それでも夫に抱かれる喜びを全身で味わえた夜だった。

第九章　彼を選んだ理由

名実ともに彼の妻となってもうすぐ一カ月が経とうという頃。とうとう外交のお手伝いをするときが来た。

ドイツの賓客を招いたレセプションパーティーが開かれることになり、同伴を頼まれたのだ。

お風呂上がり、ソファに座ってアイスティーを飲んでいると、薫くんが部屋から出てきて私に一冊の薄いファイルを手渡した。

「これが賓客のリスト。ドイツの大物政治家と、駐日大使を始めとした要人。日本側のお偉いさんはこのメンツ。まぁ、ニュースでなんとなく顔と名前を聞いたことがあるだろう」

ドイツ側もさることながら、日本側も大臣や政務官が参加するなど、そうそうたる顔ぶれだが――。

「出席者ってこれだけ？　この人たちの同伴者やご家族も出席するのよね？」

「そりゃあ出席するが……とんでもない数になるぞ。覚えきれないだろ」

「でも、薫くんは覚えているのよね？」

彼はぐっと押し黙る。きっと私が大変にならないように、特に重要な人物をピックアップしてリストを渡してくれたのだろう。

でも、父が外交の準備をしていたとき、顔と名前を山ほど暗記していたことを知っているし、手持ちの資料もとんでもない分厚さだった。

子どもの頃、父のために要人の顔をカードにして名前当てゲームを作ってあげたことがあったっけ。まだ幼かった私は、父より先に覚えてしまって、すごいすごいと褒めてもらった。

――ちなみに、外交に関わる極秘資料で子どもがそんな遊びをしていたと関係者にバレたら、大目玉を食らっていたと思う。

「全部暗記できなかったとしても、ぼんやり覚えているだけでコミュニケーションがスムーズになるもの」

「わかった。名簿の完全版を持ってくる。だが根を詰めすぎるなよ。レセプションなんてこれからいくらでもあるんだから、最初っからそんなに飛ばしていたら――」

「大丈夫。昔から勉強ばっかりしてたから、暗記力には自信があるの」

ビシッと親指を立てると、「任せるよ」と彼は苦笑して、私のこめかみにキスを落とした。

彼は私に負担をかけまいとして言わないけれど、外交官の妻としてやらなければならないことはこれだけじゃない。英語はもちろん、ドイツ語も簡単な挨拶程度はできるようにしておいた方がいいだろう。

本当はドイツの情勢や、賓客とそのご家族の趣味嗜好などが頭に入っていれば会話がしやすくなってベストなのだけれど、残り一カ月でそこまで完璧に覚えるのは難しい。とはいえ、時間が許す限りは頑張りたいと思う。

「ドイツ語、習ってみようかな……」

ぽつりと呟くと、正面のソファに腰を下ろそうとしていた薫くんがぴたりと動きを止め、私の方に戻ってきた。

「いや、そこまでしなくても……茉莉は英語ができるんだから充分だ」

「でも、ドイツ人講師のいる教室を探せば、ドイツの政治情勢なんかも教えてもらえるかもしれないし」

見識を深めるのはいいことだ。特にドイツは、これからたくさん関わっていくことになるだろうから。

「もしもこれから先、薫くんが海外赴任するとしたら、ドイツ語圏でしょう？」

彼が愕然とした顔で私の隣に座る。

「……ついてきてくれるのか？」

彼が驚くのも無理はない。婚前契約書にも、妻は夫の海外赴任に付き添わないことを前提で書かれていた。私と一緒に海外へ行く考えはまったくなかっただろう。

「習字教室もあるから、すぐについていくってわけにはいかないけれど、長期間の赴任になるようなら、私もひとりで待つのは寂しいし――」

すると突然、彼は両手を広げて私をがばっと抱きしめた。

「茉莉……！」

「か、薫くん！　苦しいっ……」

私の抵抗を受け流し、彼は額にちゅっとキスを落とす。

彼の愛情表現は日に日にエスカレートしていて、家の中ですれ違っただけでハグやキスをされる始末。一日に数回は「俺の茉莉」とうっとり囁いて、私をソファに押し倒す。

……まぁ、嫌じゃない……というか、嬉しいから、いいのだけれど。

彼の変わり身にびっくりだ。こんなに情熱的な人だなんて思わなかった。

むしろこれまで、よく表に出さずクールな振りをしていたなぁと感心する。

「だが、ドイツ語を習いに行くくらいなら、俺から習え」

ああ、そうか。どんな人材よりも相応しい先生がここにいた。

「月謝は茉莉の愛でいい」

そんな甘ったるいことを言って、私の首筋に唇を這わす。もしかして、もうベッドに行きたがっているのだろうか。

「んんっ……ああ、もう……ほら、今日は続きを読むんじゃなかったの？」

テーブルの上に置かれているのは読みかけの文庫本。同じミス研の先輩が書いたミステリー小説だ。私が大学を辞めたあと、ミステリー小説大賞の優秀賞を受賞し作家デビューした彼は、着実に出版を重ねそこそこ有名な作家になった。

一足先に私が読み終え、彼にお勧めしたのだ。

「本より先に茉莉を隅々まで読み解きたいんだが？」

スイッチがオンになりかけている彼は、艶っぽい眼差しで私を誘う。身の危険を感じ取り、慌てて彼の体を押しのけた。

「そんなこと言わないで、先輩の本、読んであげて！」

「……仕方ないな」

彼はあきらめて本を手に取ると、ソファの向こう側に移動する。

とはいえ、身の危険がなくなったわけではない。どうせこの数時間後、一緒のベッドへ行くのだから、遅いか早いかだけの問題だ。

こんな新婚生活、想像もしていなかった。

一カ月が経ったとはいえ慣れるはずもなく、ドキドキする胸を押さえて、アイスティーを喉の奥へ一気に流し込んだ。

＊＊＊

茉莉との穏やかな結婚生活に、俺はしみじみと喜びをかみしめていた。

手を伸ばせばそこに彼女がいて、頭を撫でれば笑ってくれる。頬に指を滑らせればはにかんで、腰を抱けば困った顔で目を潤ませる。

抱き上げベッドへ連れていくと、彼女は恥ずかしがりながらも最後には俺に身を任せ、うっとりと恍惚の表情を浮かべる。

こんなにかわいらしい妻を手に入れることができたのは、奇しくも夫婦仲を引き裂こうとした上野や堀田のおかげではあるのだが――とはいえ、されたことを思えばふたりに感謝などできるわけもない。

上野はあきらめてくれたが、堀田は未練を引きずっているようにも見えた。この先、茉莉にちょっかいをかけてこないとも限らない、警戒しなければ。

愛妻に見送られ登庁した俺は、今日も何事も起こらないことを祈りながら黙々と仕事をこなした。

俺の担当する中欧諸国に情勢の変化や災害などあれば、対応に追われ深夜帰宅、いや、徹夜を余儀なくされることもざらである。どうか何事も起きてくれるなよと謙虚に祈る。

祈りが通じたのか、軽い残業程度で勤務を終えた俺は、颯爽とオフィスを出た。

しかし廊下で上野と鉢合わせ——いや、どうやら待ち伏せされていたようで、渋々足を止める。

「……何か用か」

無視したところで文句を言われるだけだろう、さっさと用件を済ませてしまおうと声をかけると、彼女はギリッと俺を睨みつけた。

「この前は悪かったわね」

ぽかんと彼女を見つめ返す。言葉と態度がマッチしていないが——おそらく言葉の方が本音だろう。思わずため息が漏れた。

「わかってもらえればいい」

「だいたい、あなたたちが紛らわしいからいけないのよ。新婚ラブラブならそれらしい態度を取りなさいよ」

「謝罪しに来たんじゃないのかよ……」

結局は文句を言われるはめになり、俺は肩を落とす。さっさと庁舎を出ようと足を速めると、彼女がうしろで声をあげた。

「堀田くんに気を付けた方がいいかもしれない」

「……は？」

足を止め振り返る。俺も同じようなことを考えていた直後だっただけに、彼女の言葉の意図が気になった。

「どういう意味だ」

「……詳しくは知らない。でも、彼の茉莉ちゃんに対する執着はちょっとねじくれてる感じがしたから」

大きな声でできる会話ではなさそうだ。俺は彼女を人気のない廊下に誘い込む。

「――聞かせてくれ」

「茉莉ちゃんとあなたの仲を引き裂こうって提案してきたのは堀田くんよ。でも彼、茉莉ちゃんへの好意っていうより、別れさせること自体を楽しんでいるような……」

漠然とした気味の悪さを覚える。堀田は茉莉に想いを寄せていて、俺から引き離したいわけではないのか。

「……というか、自分も加担しておいてよく言えるな」

「悪かったって言ってるでしょ！　私は誰かを不幸にしたかったわけじゃないの。自分が幸せになりたかっただけ。でも堀田くんは何か違うのよ」

彼女の真剣な表情に、単なる脅しや杞憂ではないと判断する。

「気をつけて。堀田くんは茉莉ちゃんの職場も把握してる」

「職場……？」

習字教室のことを思い出し、背筋に冷気が走る。

自宅マンションならセキュリティが厳重だし、何かあってもコンシェルジュを呼ぶことができる。

しかし、あの一軒家で茉莉に手を出されたら俺は助けようがない。あの家の簡素な鍵では、押し入ってくる男を止めることはできないだろう。

「当初彼が考えていたのは、茉莉ちゃんの職場に押しかけて、ひとりきりのときにちょっかいをかけることだったみたいなの」

「ちょっかいって……冗談だろ」

いたずらで済むレベルを超えている。たとえ暴力どうこうではなかったとしても、男が自宅に乗り込んできたら茉莉は恐怖し傷つくだろう。

そして、今日がまさに茉莉の習字教室の日であることに気づき息を呑む。

「謝ったし、警告もしたからね」

上野は自分の責任は果たしたとばかりに去っていった。

俺は嫌な予感を覚え、急ぎ庁舎を出て茉莉に電話をかける。この時間であれば、茉莉は家に帰ってきているか、あるいは帰宅中のはずだ。

コールを続けていると、突然向こうから切断された。電話に出られない状況なのか、あるいは誰かに切られたんじゃないだろうな……？

次の手を考えているうちに、画面にメッセージアイコンが立ち上がる。

【ごめんね、今電車なの。どうかした？】

そんなメッセージが届き、ひとまず無事であったことに安堵する。

【駅で待ち合わせしよう】

そう返事を送り、俺は一足先に自宅の最寄り駅に向かい彼女を待った。

「薫くん、ごめんね。お待たせ！」

しばらくすると、改札から出る乗客たちの流れに乗って茉莉がやってきた。いつも通りであることに深く安堵する。

わざわざ待ち合わせをした口実を作るため、途中のパティスリーに寄ってケーキを買おうと提案した。

「急に電話が来たからどうしたのかと思ったら、まさかケーキを買いたいからだったなんて」

「ふたりで選びたかったんだよ。その日の気分って大事だろ」

カットケーキを四つ購入し店を出て、自宅マンションまでの道のりを並んで歩く。

「習字教室はどうだ？　順調？」

「ええ。今年入学した子どもたちももうすっかり慣れて、いろいろお話をしてくれるようになったわ」

彼女の表情は明るい。きっと言葉通りうまくいっているのだろう。

「……何か変わったことはなかったか？」

一応言葉にしてみると、彼女は何かを感じ取ったようで、ぴくりと眉をひそめた。

「いつも通りだったけれど、どうして？」

「いや。深い意味はないんだが――」

無駄に心配はかけたくないが、一応警戒してもらった方がいいだろうか。何か異変があれば、どんな小さなことでも俺に報告してほしい。

「……最近、あの辺りは不審者が多いらしいから、いつも以上に気をつけてくれ」

具体的なことは伏せて伝えると、彼女は「え……」と声を漏らし深刻な顔をした。

「わかった。子どもたちにも注意してもらわなきゃ。ひとりで通う子たちがほとんどだし」

「ああ。茉莉も戸締りは気をつけろよ。それから他人と家の中でふたりきりにならないこと」

「大丈夫、それは私も気をつけているから。ふたりきりにならないように社会人クラスはマンツーマンじゃなく少人数制なの」

自衛は考えているのだろう、いたずら目的で受講しようとする不逞な輩もいないとは限らない。

すると、彼女は閃いたようにぽんと手を打ち合わせた。

「もしかして、それが心配で待ち合わせをしようなんて言い出したの？　薫くんたら心配性ね」

さっそくバレてしまったらしい。俺は苦笑して「悪かったな」と素直に認めた。

「明日の習字教室は社会人クラス？　帰りが遅いんだったか？」

「そうだけど……それを心配してたらキリがないいんじゃない？　毎日待ち合わせするわけにもいかないし」

うっと俺は押し黙る。あまりしつこく心配しても嫌がられるだろう。基本的に茉莉は甘やかされるのが苦手なタイプだ。

すると、彼女は俺に気を遣ったのか、じゃあと言ってこちらを覗き込んだ。

「これからは帰宅前にメッセージを送るようにしようか？　家に着くのは何時頃になりそうかとか」

ああ、と俺は頷く。それなら彼女に何かあってもすぐに気づくことができる。

「そうしてくれると助かる」

「わかったわ」

彼女はクスクスと笑って不安がる俺を小馬鹿にする。

人の気も知らないで。俺がどれだけ茉莉を大切に思って生きてきたか、まったく自覚がないのだから困る。

自宅マンションに辿り着き、部屋に入った瞬間、俺は仕返しとばかりに彼女の唇にかぶりついてやった。

「っん！　薫くん、急に何⁉」

「俺がどれだけ心配しているか、体でわからせてやろうと思って」

「ちょ……わかった、わかってるから、ダメだってば！」

俺は玄関の脇にビジネスバッグを放り、ケーキボックスを茉莉の胸元に押しつけると、照れて暴れる彼女を無理やり抱き上げ、リビングのソファに連れていった。

ケーキボックスをテーブルに置き、その華奢な体に覆いかぶさる。

彼女は「もう！」と頬を膨らませながらも、なんだかんだ言って俺の甘えを受け入れてくれるのだから、懐が深くてかわいらしい。

困った新妻だなと苦笑した。

＊＊＊

まったく。薫くんたら、都合の悪いことがあるとすぐにキスでごまかそうとするんだから。

さっきのキスはきっと照れ隠し。私のことをものすごく心配しているとバレたのが恥ずかしかったのだろう。

まぁ、彼は国の重要機密に触れるような仕事をしている人だもの。加えて立派なお家柄、身辺に充分警戒するよう昔から叩き込まれているのかもしれない。

以来、私は習字教室を出て最寄り駅に辿り着くと【あと三十分で帰ります】というメッセージを送るようになった。これで彼が安心してくれるなら安いものだ。


一週間後、私が夕食を作っていると、彼が血相を変えて帰ってきた。

「茉莉！　大丈夫か⁉」

リビングに飛び込んでくるやいなや私の姿を探し、目が合った瞬間、気が抜けたのかがっくりと項垂れる。

「薫くん、どうしたの？」

「どうしたの、じゃない。連絡くれなかったから」

「あっ……」

帰宅連絡のメッセージを送り忘れていたことに気づき、ハッと口元を押さえる。

昼間に起きた人身事故の影響でダイヤが乱れ、やってきた電車はぎゅうぎゅう詰め。携帯端末を操作する余裕もなく、そのまま忘れて帰宅してしまった。

「電話をしても全然出てくれないし」

「ご、ごめん！」

そういえばテーブルの上に携帯端末がない。部屋に置いてきてしまったのだろう、料理に夢中になっていて全然気づかなかった。

「あの、本当にごめんね……？」

まさかそんなに心配されるなんて。あまりにも申し訳なくて謝ると、彼は「いや。俺も騒ぎすぎた」とスーツのジャケットを脱いだ。

「ご飯までもう少しかかるから、先にシャワーを浴びていてくれる？」

彼は「了解」と部屋に着替えを取りに行く。

薫くんが心配性だってことはわかっていたけれど、あんなに焦って帰ってくるなんて。まるで私が誰かに狙われているかのよう。

心当たりを考えてみるけれど、当然思い当たるはずもない。

これからはメールの送り忘れに気をつけようと自分に念を押し、夕食の支度を再開した。

今日のメニューは煮込みハンバーグ。一緒に暮らし始めた頃、盛大に焦がしてしまったいわくつきの料理だ。

彼がシャワーを浴び終える頃には料理が完成し、ダイニングテーブルの上にはハンバーグとサラダとスープが並んでいた。

シャツとカーゴパンツ姿の彼がリビングに戻ってきて、料理を覗き込み「お。おいしそうだな」と声を躍らせる。

「料理、随分上達したよな」

「今日はリベンジハンバーグだからね」

あれから料理はきちんとレシピ通り作るようにしているし、鍋に火をかけたまま目を離すこともやめた。タイマーに頼りすぎず、自分の目や焼き音を頼りに火の通り具合を判断している。

ふたり席に着いて、いただきますと手を合わせた。ハンバーグを食べた薫くんが「悔しいけどうまい」と顔をしかめる。

「どうして悔しいの?」

「料理くらいは主導権を握っていたかった」

私からすれば、妻である私こそ料理くらいは上手になりたいのだけれど……そんなことを言うと、考え方が古いと言われてしまいそうだ。

「でも薫くんはドイツ語を教えてくれるでしょ?」

日曜日、彼は簡単なドイツ語をレクチャーしてくれた。これからも週末に少しずつ教えてくれるそうだ。

……さらにドイツ語のオンライン講座をこっそりと受けていたりするのだが、それはまだ薫くんには秘密だ。

「ドイツ語まで追い抜かれないように、ゆっくり教えていかないとな」

「簡単な挨拶くらいはできるようにちゃんと指導してね、先生」

「頑張りすぎるなって。まったく、茉莉は負けず嫌いなんだから」

「負けず嫌い？」

そんなことを言われたのは初めてだ。私が箸を止めて身を乗り出すと、彼は「知らなかったのか？」と笑った。

「俺に料理で負けたくないとか、失敗したハンバーグをリベンジするとか。レセプション出席者全員の顔を確認したり、必須ではないドイツ語を勉強したり。負けず嫌いじゃなければ、完璧主義か？」

「そ、そんなんじゃないよ……」

加えて彼に内緒でドイツ語を習っていることが頭をよぎり、私って負けず嫌いだったんだ……と顔を赤くする。

「いつも穏やかそうにして、一見聞き分けのいい振りしてるが、その実、負けず嫌いで頑固。口説くのに本っ当に苦労した」

ため息をつかれ、少々複雑な心境になった。『口説くのに苦労した』だなんて言うけれど、そもそも口説かれた覚えもない。

「えっと……それっていつの話？」

「割と最初から。日本を発つ直前は、間違いなく口説いてた」

「え⁉　ブロンド美女を捕まえるとか言って張り切ってたのに？」

「本気にするなよ……」

彼が呆れた顔でかぶりを振る。そういえば、思わせぶりなことをたくさん言われた気がする。からかわれているのだとばかり思っていた。

それから、好みの女性が見つからなかったらお前を嫁にもらってやると言われたんだっけ。

もしかして、最初から好みの女性を探すつもりなんてなかったのだろうか。私はてっきり、結果的にそうなってしまっただけだと思っていたのだけれど……。

「負けず嫌いも頑固もいいが、何か困ったことがあればちゃんと言ってくれよ。ひとりで解決しようとか抱え込むのはナシな。大学の頃みたいに、追い詰められて姿を消すんじゃないぞ」

それはさすがにもうしません、と私は頭を垂れる。

彼の妻になったのだもの、残りの人生は彼とともにある。

もう雲隠れしたり、勝手に誤解して落ち込んだりするのはやめようと、これまでの自身の行いを反省する。

「薫くんも、私に隠しごとしないでね」

何の気なしに言ってみただけなのだが、彼はニヤリと意味深に笑い、私を覗き込んだ。

「了解。これからはもっとストレートにいくことにする」

不穏な空気を察知し、もしかして私ったらいけないことを口走ってしまった？　とひそかに焦る。

答えはベッドの中であきらかになった。

その夜は、ハンバーグが上手に作れたご褒美だなんてかこつけて、熱烈な愛情表現を見せつけられることになった。


一週間後。九月に入り、子どもたちは新学期を迎えた。習字教室にも新たな生徒が加わり、心機一転頑張ろうと自分を奮い立たせる。

木曜日は授業がふたつ。十六時半からは小中学生を対象に行い、休憩を挟んだあと十九時からは大人向けの少人数授業を行う。

夜の部は習字教室というより書道教室というべきだろう。純粋に綺麗な字を書きたい人もいれば芸術として深めたい人もいて目的は様々。その人に合った授業を進めていく。

生徒は日本文化を勉強しているという大学生の男の子と、アフターファイブは自分磨きに積極的な会社員の女性がふたり。それから、子育てが終わって一段落し趣味を楽しんでいるご婦人がひとり。

加えて今日は一名、体験入学の生徒がやってくる予定だ。

近所に住む男性らしいのだが、メールをもらっただけでまだ直接話をしたことがなく、どんな人が来るのか少々緊張している。

十九時十分前、生徒たちが続々と教室にやってきた。

先に到着した四人には、それとなく体験入学の生徒が来ることを伝え、授業の準備を進めてもらう。

男性だと話すと、女性陣はちょっぴりそわそわ。特に会社員ふたりの目がキラリと光る。そういえば恋人募集中だと言っていた。

何歳ですか？　職業はなんですか？　と尋ねられ、ごめんなさい、そこまではわからないの、とごまかす。二十九歳男性とは聞いているのだが、勝手に教えるわけにもいかない。

十九時ちょうど。チャイムが鳴り、ドアフォンのモニターに男性の姿が映った。きっと体験入学の生徒だ。

ネイビーのシャツにベージュのチノパンを合わせた、ラフながらもきちんとした格好の男性。うつむいているせいで顔まではよく見えない。

「はい。少々お待ちください」

ひと声かけて玄関に向かい、「お待たせいたしました」とドアを開ける。

しかし、そこに立っていたのは予想外の人物で、私は驚きに言葉を失った。

「こんばんは、先生。今日はよろしくお願いします」

そう言ってにっこりと笑ったのは堀田先輩だ。頭が真っ白になって、これはどういう状況なの？　と凍り付く。

どうしてここが――と聞きかけて、以前この教室のウェブサイトを見せたことを思い出した。

『今日はよろしく』というのだから、体験入学に訪れる二十九歳の男性は、間違いなく彼のことなのだろうけれど――。

「メールフォームには、〝高橋《たかはし》さん〟って……」

「俺の名前を出すとバレちゃうでしょう？　あまり先入観を持たれたくなかったし。今日は生徒ってことでよろしく」

にっこりと笑う堀田先輩。

悪意のない笑みではあるけれど、彼には一度嘘をつかれたことがあるのでどうしても警戒してしまう。薫くんの前でさも私が浮気をしていたかのように言われてしまったのはまだ記憶に新しい。

しかも、体験入学を申し込むメールフォームには、冷やかしやいたずらを防ぐために名前や住所などの個人情報も入力してもらうのだが、高橋という名前は偽名で、きっと住所も架空のもの。ここでもやはり嘘をついている。

さっきのが本音だとしても、随分と用意周到よね……。

訝しく思い、笑顔で応じながらもそれとなくここに来た目的を尋ねる。

「今日はどうして書道教室に？」

「もちろん、書道に興味があったからだよ。教わるなら茉莉ちゃんがいいし」

「お仕事はどうされたんですか？　まだ勤務時間ですよね？」

「今日は有休。まぁ、通うとなったら土日に個人授業でもお願いしようかな～」

軽い調子で答えて靴を脱ぎ始める。

彼の気分を損ねないように、それとなく牽制した。

「ごめんなさい先輩、マンツーマンの授業は受け付けしていないんです」

「それは俺のことを警戒してるから？」

急に鋭い目をしてこちらを覗き込む彼。笑顔が途端にうそ寒く感じられ、背筋がぞくりと冷える。

私が困惑しているのを見て、楽しんでる……？

ごくりと息を呑むと、また屈託のない表情に戻って、私の肩にぽんと手を置いた。

「授業のことはおいおい相談させて。オンライン講座や通信もやってるんでしょ？」

私の返答も待たず、彼は「お邪魔しまーす」と家の中に上がり込む。

廊下を勝手に進んでいき、教室を見つけると「こんばんは」と人当たりのいい笑みを浮かべて入っていった。

教室にいた女性陣が、いつもより高めの声で「こんばんは～」と答える。

ひと言ふた言交わしただけで彼は生徒たちの中にうまく溶け込んだ。さすがは外交官、対人スキルが高い。

「外務省に勤めているんですか!?　えーすごいー」

「ただの公務員だよ。しばらく海外に行ってたから、日本の文化に触れたくなって」

「それで書道を？　意識高いですね」

「書道は海外でもウケがいいからね。できればちょっとした特技になるし」

軽い談笑を交え、教室の空気は和やかだ。

堀田先輩は書道経験者らしく「久しぶりだな」と言いながら筆を執った。〝とめ〟や〝はらい〟など基本的なところは教えなくてもすんなりこなす。

試しに『颪花』と書いてもらうと、お手本に忠実な書に仕上がった。

「お上手ですね、堀田さん」

「高校以来か。ブランクがあると思った通りに筆が動かないものですね、先生」

私の声がけに、彼も調子を合わせて生徒の振りをしてくれる。

授業が終わり、一般の生徒たちが帰っていった。

体験入学の生徒は、終了後十分程度、授業の感想や、受講する場合の説明なんかをするのだが――。

「茉莉ちゃんも書いてみてよ、『颪花』って」

ふたりきりになった途端、彼は生徒の振りをやめ、マイペースに絡んできた。少々困りつつも無下にするわけにもいかず、言われた通り筆を執る。

「さっすがプロ。教科書に載っていそうな字だよね」

「デザイン風にアレンジすることもできますけど、堀田先輩はどんな書体に興味がありますか？」

「俺は自分で書くより茉莉ちゃんを見ている方が楽しいかも。先生やってる姿もかわいかったよ」

真面目に質問したのにはぐらかされてしまい、ますます困惑しながらも、彼のペースに乗せられてはダメだと冷静に切り返す。

「……もし興味があれば連絡ください。一応、土曜日の授業もありますけど、子どもたちが多いのでちょっと居心地が悪いかも――」

「ね、茉莉ちゃん。どうして自宅からこんな遠くまで通ってるの？」

堀田先輩がテーブルに頬杖をついて、気だるく覗き込んできた。突然話を変えられ、私は「えっ」と戸惑う。

「それは……結婚する前からここを教室として使っていたので。生徒さんがいるのに場所を変えることはできませんし」

「若い女性がひとりでこんな家にいて、ちょっと危ないと思わない？　縁側から忍び込むのだって簡単だよ」

急になぜそんなことを尋ねてくるのだろう。

でも防犯については、この一軒家を借りるにあたって自分でもいろいろと考えた。ドアフォンをつけてみたり、玄関に人感センサーのライトをつけてみたり。

「きちんと毎日施錠もしていますから」

「でも、いざ何かあってもここじゃ、葉山崎先輩は助けに来られないよね」

ニヤリと意地の悪い笑みを浮かべて、堀田先輩が私の方に手を伸ばしてくる。肩に下ろしていた髪に触れられそうになり、サッとうしろに下がって避けた。

「こまめに連絡取り合ってますから。何かあれば気づいてもらえますし――」

「でも今から連絡したところで、到着までに一時間はかかるんじゃない？　それまで無事でいられればいいけど――」

もったいぶった言い回しをして、私の腕を摑む。

「どうかな？」

ギリッと腕を強く握られ、私は顔をしかめた。

これはいたずら？　それとも本気？　彼の嫌みな笑みにぞっと背筋が凍り付く。

「……離してもらえますか？」

「物騒なことしてる自覚はある？　生徒の中にも、そういう目的の人がいるんじゃないかなぁ。さっきの若い男の子だって、本当は茉莉ちゃんを狙ってるのかも」

「彼は純粋に大学で日本文化を学んでいて、その延長線上で――」

「そういうの素直に信じちゃうところが危ういよ。昔っからそう。茉莉ちゃんは、いい子だったよね」

身を乗り出してきた彼に肩を押され、うしろに転がされた。抵抗する間もなく両腕を摑まれ畳に押しつけられる。

逃げ道を塞ぐように覆いかぶさってきた彼に、これは本気かもしれないと血の気が引き、体が震え始めた。

「やめてください！」

「叫んでみる？　わざわざ助けに来てくれる人、近所にいるかな？　まぁ、警察を呼ぶくらいはしてもらえるかもね」

彼の手が私の喉元を摑む。今は軽く押さえているだけだけれど、力を加えれば喉を潰すことも、窒息させることもできるだろう。

助けを呼んだ方がいいの？　困惑していると、彼は私を覗き込みニヤリと笑った。

「でも、家の中で襲われたなんて悪評が立ったら近所の人はどう思うかな？　子どもたちも通ってるんでしょ？　そんな物騒な場所に、保護者は子どもを預けたいとは思わないよね」

堀田先輩の言葉に、悲鳴を出すことも叶わなくなった。どうしてこんなことをするのか彼の目的もわからず、じわじわと恐怖心が積もっていく。

「堀田先輩……なぜですか……？」

なんとか声を絞り出すと、彼はギリッと奥歯をかみしめた。

「……腹が立つんだ。金もコネも女も最初から全部持っていて、順風満帆な人生を送ってるあの人を見ていると。真面目に生きてる自分が馬鹿らしくなってくる」

「それは……薫くんのこと……？」

「他に誰がいるんだよ。……くそ、ひとつぐらい俺がもらったってかまわないだろ」

そう言って首に力を加えられる。私は彼の腕をどけようともがくけれど、力が強くてびくともしない。

「酷いことをするつもりはないよ。ただ少しあの人に痛い目を見せたいだけなんだ。そうだな……俺に優しくしてくれるなら傷つけないって約束する。〝優しく〟って、純粋な茉莉ちゃんでも意味はわかるよね」

そう言って首から手を離すと、私の両手首を掴み取り畳に押しつけた。彼の顔が近づいてきて、私の唇の前でぴたりと止まる。

「や……！」

咄嗟に顔を背けるも、彼はもったいぶるように舌なめずりをして、私の唇を追いかけてくる。

「キスくらいいいじゃない。減るもんじゃないんだし」

「いや……絶対嫌!!」

口では強く拒みながらも、私の力じゃ彼の拘束から逃れられないことは理解していた。恐怖からぎゅっと目を瞑る。

彼の吐息が間近に迫ってきて、触れられる、そう直感し身を竦ませたとき。

「茉莉!!」

玄関のドアが乱暴に開け放たれ、聞き覚えのある声が響いた。

廊下の木板をドタドタと踏み鳴らし教室に飛び込んできたのは——。

「茉莉、大丈夫か！」

「薫くん！」

スーツ姿の薫くんだ。外務本省から駆けつけてくれたのだろうか。

堀田先輩はぎょっとした顔で私から身を引き、慌てた拍子に尻餅をつく。

畳に倒れ込んでいる私のもとに薫くんは駆け寄り、抱き起してくれた。

「怪我は？」

「大丈夫です……」

しかし、私の手首が赤くなっているのを見つけると、薫くんは凍てつくような眼差しを堀田先輩に向けた。

「堀田、貴様――」

「誤解ですよ先輩！　ちょっとしたいたずらです。まさか本気で茉莉ちゃんをどうこうしようとするわけないじゃありませんか」

慌てて否定する堀田先輩だが、そんな言い訳が通用するわけもなく、薫くんは今にも襲いかかりそうな剣幕で睨んでいる。

「通報されたくなければ出ていけ。二度と茉莉に近づくな」

臆病な男性なら飛んで逃げ出しそうな威圧感だ。ふてぶてしい堀田先輩ですらまずいと直感したのか、表情を引きつらせている。

「そんなに怒らないでくださいよ、軽いジョークですって」

今のが軽いジョークだなんて、それこそ冗談言わないでほしい。

私も薫くんと一緒になって睨みつけると、堀田先輩は「はいはい、わかりましたよ」とため息をついて部屋を出ようとした。

「待って、堀田先輩」

私が呼びかけると、彼は少々不機嫌な顔で振り向き眉をひそめる。

「訂正して。薫くんのこと、まるで何の努力もしていないみたいに」

私は薫くんの助けを借りて体を起こす。堀田先輩はうっとうしそうな顔で私を見下ろした。

「薫くんは他の人と同じだけ――ううん、それ以上に努力して今ここにいるの。運だけで生きているみたいな言い方しないで」

まるで真面目に頑張っているのは自分だけのような言い方が許せなかった。

薫くんはコネを使うような人じゃない。自分の力で今の地位を確立したのだ。ズルをしたみたいに言わないでほしい。

すると、堀田先輩は突然吹っ切れたかのようにくつくつと笑い出した。

「努力……？　ふざけるな！　そんなもので納得できるか！」

激昂した堀田先輩がダンッと足を踏み鳴らし、あまりの剣幕に私はびくりと体を震わせる。薫くんは私を守るように強く抱きしめた。

「そいつは息をしてるだけで父親の権力に守られてんだよ！　いいよなぁ、親がお偉い官僚様だと。勝手に人が寄ってきて、勝手に世話焼いて、勝手にチャンスを落としていくんだからなぁ！」

神経質そうに目を眇めた薫くんを、堀田先輩は鼻で笑い挑発する。

「そいつがのうのうとドイツ観光を楽しんでいる間に、俺は紛争地域で命のやり取りをしてたんだ！」

堀田先輩が右腕のシャツをめくりあげると、そこには生々しい傷痕があった。

私はごくりと息を呑む。堀田先輩は薫くんを妬んでいる――自分が怪我をしたことと薫くんが無事であることを、家柄の違いだと混同しているのか。

「生まれたときから金があって、何の苦労もなく仕事も女も手に入れる。そいつは人生、なめくさってるんだよ！」

そう叫んで人差し指を薫くんに突きつける。だが、逆恨みもいいところだ。薫くんが呆れたように息をついた。

「あのなぁ、堀田。お前な……」

億劫そうに口を開く薫くんだったが。

「人生なめくさってるのはあなたの方じゃない！」

反論するのは私の方が先だった。だって、どうしようもなく腹が立っちゃったんだからしょうがない。

薫くんが驚いたように「茉莉……？」と眉をひそめた。

「言っておくけれど、私はお金がなくて大学を中退せざるを得なかったけれど、あなたのように薫くんを妬んだことは一度だってないわ」

私の言葉に堀田先輩はぐっと押し黙った。彼の理論だと、大学を卒業することすら叶わなかった私はもっと不幸ということになる。

だが生憎、私は自分の生い立ちを蔑んだことはないし、ましてやそれを他人のせいにしたこともない。

「私の父だってコネもお金もなかった。でも自分の力で外務省に入ったの！」

堀田先輩は何を言い出すんだという顔で私を見ている。

父の話題になって私のことを心配したのだろう、薫くんがつらそうな表情で「茉莉、もういい」となだめた。

「キャリアじゃないし、あなたから見たら下っ端かもしれない。でも、どんな仕事でも愚痴を言ったり逃げ出したりはしなかった！　たとえ危険な現場だって最後まで身を粉にして『邦人の命を守る』って使命を立派にまっとうしてた！」

おかげで、私たち家族はつらい思いもたくさんしたけれど。

大人になった今の私なら、父の行動がどれだけ立派なものだったか理解できる。父が私たち家族にどれくらい愛情を注いでくれていたのかはわからないけれど、それでも父は強い責任感を持った尊敬すべき人間だ。

「それに、薫くんだってきっと同じことをする。そういう人だと知っているから信頼できたんだもの」

かつて彼は父のことを『正しい』と言ってくれた。きっと彼の中にも同じ価値観が根付いているのだろう。

薫くんが私の肩に手を回し、落ち着かせてくれる。

「……言っておくが、俺は入庁するにあたって父親の名前を出したことは一度だってない」

堀田先輩の視線が薫くんに向く。戸惑った表情でじっと薫くんを見つめていた。

「研修語だって希望通りにいかなかったって話したよな。もし俺が父親の力で好き放題できるなら、六年も海外赴任せずとっとと帰ってきたよ。おかげでひとりの女口説き落とすのに八年もかかったんだ」

……そこで私のことを引き合いに出さなくても。気恥ずかしくなって「……薫くん」とたしなめると、彼は私の頭をくしゃくしゃと撫でてごまかした。

「堀田。お前の怪我は、本当に運が悪かったと思う。だが、それと努力どうこうは関係ない」

堀田先輩は自分の腕の傷を見下ろし「チッ」と舌打ちした。

「わかっている……そんなこと、言われなくても……！」

彼だって自覚はしているのだ。薫くんを羨み妬むのはお門違いだということを。彼は怒りのやり場がほしいだけだ。

「堀田。お前がどんなに努力していようが、不幸な身の上だろうが、妻を傷つけるヤツは許さない。二度と茉莉に手を出すな」

怒りをあらわにした薫くんに、堀田先輩は気圧され「くっ……」と喉を鳴らした。

拳を握り込み、やるせない表情で睨んだあと、黙って部屋を出ていく。

玄関のドアが閉じる音を聞いて、私はホッと息をついた。

薫くんは私の無事を確かめるように全身をくまなく眺める。

「本当に無事なのか？　何かされなかっただろうな」

「大丈夫。脅されただけだから……」

しかし、あの場に薫くんが現れなかったら何をされていたか——怖いので考えたくない。

「それにしても、どうして薫くんがここに？　堀田先輩が来るって知ってたの？」

「いや。だが偶然が重なって嫌な予感がしたんだ。たまたま茉莉の帰りが遅い日に、堀田が有休を取っていたから、気になって」

「それだけの理由で駆けつけてきてくれたの？」

「充分な理由だろう？」

根拠も何もなくて、思わず笑ってしまった。でも、おかげで助かったのだから、彼の直感に感謝しなければならない。

「来てくれてありがとう」

彼の顔を引き寄せて唇に軽くキスをすると、十倍くらいの深いキスでお返しをされた。本当に彼ったら私を甘やかしすぎだ。

「茉莉。サンキュ」

私を愛でながら突然彼がお礼を言ってきたから目を丸くする。

「どうして？」

「俺のことを庇ってくれただろう」

堀田先輩に反論したときのことだろうか。だって、私の夫は父親の肩がきに胡坐をかいて楽をするような格好悪い人じゃないもの。

「私が一番よく薫くんのことを知っているもの。何しろ、結婚まで八年もかかったのよ？」

薫くんの台詞を引用しておどけると、彼は「まったくだ」と笑って私の頭をくしゃっと撫でた。

それから堀田先輩は四六時中苛立った様子で、仕事中にもかかわらず周囲に当たり散らしていたという。ずっと内に秘めていた怒りや妬みが抑えきれなくなってしまったのかもしれない。

とうとう上司と激しい口論になりオフィスを飛び出した彼は、それ以降、二度と登庁しなかったそうだ。二週間後、退職手続きがなされ、彼は外務省を去った。

堀田先輩にとって、外交官として働いていた数年間はとてもつらいものだったに違いない。

どうか彼の輝ける場所が見つかりますようにと、遠くから祈るしかなかった。

第十章　とびきり愛し合う夫婦に

レセプションパーティー当日。

厳重な警備体制の中、賓客たちが続々と会場入りした。

男性は高級感溢れるスーツを身に纏い、女性はイブニングドレスを着ていたり、ワンピースの上にジャケットを羽織ったりと、各々の礼服を着ている。

私は同伴者でありお客様を迎える立場なので、場を華やかに彩るのも重要なお役目だ。ドレスより和装がいいだろうと、菊や桔梗が描かれた薄紅色の訪問着で彼の隣に並んだ。

『初めまして。妻の茉莉と申します。お会いできて光栄です』

薫くんから教わったドイツ語でなんとか挨拶をすると、駐日大使はとびきりの笑顔で握手をしてくれた。

大使の趣味はガーデニング。警戒心を解いてもらうため、薫くんが話題をそちらへ持っていく。

世間話を交え少し饒舌になってきたところで、ふたりはドイツ語で政治の話を始めた。そうなると私は横でにこにこ微笑んでいるしかない。

歓談が終わったあと、薫くんは「上出来だ」と私の応対を褒めてくれた。

彼が会場の奥に目線を移しながらこっそりと囁く。

「あそこにいるのが今回の主賓と言ってもいい。ドイツの外務省政務総局長と、アウラー議員だ。覚えているか？」

私はこくりと頷いて、見るからに大物といったオーラを醸し出すドイツ人男性ふたりをしっかりと目に焼き付けた。絶対に粗相のないようにしなければ。思わず肩に力が入る。

「大丈夫だ。さっきの感じでもう一度」

私が萎縮していることに気づいた薫くんは、安心させようと笑いかけてくれる。

薫くんは緊張していないのだろうか。場数を踏んで慣れたのかしら？

……いや、気づかれないように毅然と振る舞っているだけかもしれない。

その豪胆な表情をじっと覗き込む。視線の先に賓客たちを捉え、悠然と笑みを浮かべているけれど、いつもより表情がちょっぴり硬い気がする。

「私のこと、負けず嫌いって言ってたよね」

私が急に切り出したものだから、彼は少し驚いた様子でこちらに目線を移した。

「どんな状況でも平気な振りをしてる薫くんの方がよっぽど負けず嫌いだと思う」

薫くんが「ははっ」と苦笑する。

「これでも一応、慣れた方なんだ。最初の頃は胃が痛かった。まぁ、今は緊張感もほどよいスパイスだよ。頭を一二〇パーセント回転させてくれる」

そのとき、先ほど挨拶を交わした日本の外務省欧州局長が手招いた。ドイツの政務総局長に私たちを紹介してくださるみたいだ。

「さ、行くぞ」

薫くんが私の腰を支えてくれる。私はすぅっと深呼吸して、彼に連れられ笑顔で一歩を踏み出す。

政務総局長とその奥様が私たちを笑顔で迎えてくれた。奥様は私の着物に『素敵ね！』と興味津々だ。

私にとって、今日は記念すべき外交デビューの日。完璧——とまでは言えないけれど、初めてにしては及第点だったんじゃないかと思う。

ひと通り挨拶を終えホッと息をついていると、疲れた顔をしているご婦人が目に入った。会場の隅で額を押さえ、うつむきがちに佇んでいる。

歳はおそらく七十歳を過ぎたくらいだろうか。髪は真っ白で、ラベンダー色の上品なお召し物に二連のパールネックレスとブローチを身に付けている。

彫りが深くドイツのお客様だということはわかるのだが、名簿で目にした覚えがなく、私はあれ？　と首を傾げた。

「薫くん、あのご婦人……」

私が耳元で囁くと、彼ですら覚えがなかったようで、ご婦人を見て首を傾げた。

「いずれにせよ、放ってはおけないな」

薫くんも気になったようで、横から『失礼』と英語で声をかける。

『お顔の色が優れないように見えましたので。もしよろしければ、別室で休まれますか？』

ご婦人は疲れているのか、少しぼんやりとした顔で私たちを見上げる。

薫くんがドイツ語で言い直そうとすると『大丈夫よ、わかるわ』と英語で答えた。

『心配をかけてごめんなさいね。お言葉に甘えることにするわ』

気丈に振る舞っているが、やはり気分が悪いらしい。もともと肌は白いようだけれど、病的なまでに青白く見えた。

薫くんがスタッフに声を掛け、別室を手配する。

私たちが付き添おうとすると、ご婦人は『大丈夫よ、パーティーを楽しんでいらして』とにっこり微笑み、ひとりで部屋に向かおうとした。

「私が付き添うから、薫くんはパーティーに戻っていて」

具合の悪いご婦人を放っておくわけにはいかない。私が名乗り出ると薫くんは一瞬悩んだものの、よろしくと言って私に任せてくれた。

「俺は名簿を調べて、彼女の同伴者に声をかけておくよ。心配するだろうから」

薫くんはそう言って会場に戻っていく。

『ご一緒してもよろしいですか？　私も少し疲れてしまいましたので』

私がご婦人に声をかけると、すぐに気遣いだと察しがついたらしく『ありがとう』と微笑んだ。

別室のソファにご婦人は腰を下ろす。ベッドもあるのだけれど『ここで充分よ』と言って横にはならなかった。私はスタッフにお願いして、白湯と温かい日本茶、簡単な茶菓子を持ってきてもらう。

『こちらはお水です。もしお加減がよければ緑茶もどうぞ。心安らぐ味ですから』

お水のグラスと日本茶の入った湯呑みを彼女の前に置く。

『緑茶は熱いのでお気をつけてください』とひと声添えると『嬉しいわ、温かいものが飲みたかったの』と湯呑みをそうっと口元に運んだ。

スタッフが持ってきてくれた茶菓子は菊の形をした美しい練り切り。花びら一枚一枚を丁寧に仕上げた芸術作品のような逸品だ。

ご婦人は『素敵！』と声をあげて喜んでくれた。

『本当は疲れて、食欲もあまりなかったの。でもこれを見たらお腹が減ってきてしまったわ』

ご婦人の顔に赤みが戻ってくる。温かいものを飲んで少し調子が戻ったのかもしれない、私はホッと安堵した。

『私のことはビアンカと呼んでちょうだい。息子の付き添いで訪日したの』

ビアンカ夫人は練り切りを少しずつ口に運びながら、ご自身のことをお話ししてくれた。

『日本に来るのは久しぶりで緊張していたみたい。夕べ、あまりよく寝付けなくて』

『以前にも日本に？』

『ええ。日本は大好き。だからとても楽しみにしていたの』

ビアンカ夫人が目元にくしゃりと皺を作り、花が咲いたように笑った。その屈託のない笑顔からも、本当に日本を気に入ってくれているのだとわかる。

『前回来たときは、フラワーアレンジメントをさせてもらったの。〝Ikebana〟というのよね。それから、綺麗なお庭を見ながら〝Soba〟と〝Tempura〟を食べたわ』

夫人が懐かしそうに話してくれる。日本での出来事が彼女の素敵な思い出になっていることがなんだか嬉しい。

『私の名前の漢字も作ってもらったの。なんて言ったかしら、カリグラフィーではなくて――〝Sho……〟?』

『〝Shodo〟?』

『そう、それよ！　筆を使って名前を書いてもらったの！』

興奮した声から、書道を好きになってくれたのだとわかった。

私が書道の教師をしていることを伝えると、夫人は『まぁ、偶然ね！』と驚いた顔で口元に手を当てる。

『お名前にどんな漢字を使っていたか、覚えていますか？』

『ええと……確か難しい字だったわ。美しさや愛情を意味すると言っていたかしら。それから花の名前とも……』

ピンときた私は部屋に備え付けてあったメモ用紙とボールペンで字をしたためる。

〝美愛花〟――そう書いて見せると、ビアンカ夫人は『それだわ！』と手を叩いて喜んだ。

『この紙、いただける？　お土産にしたいの』

『でしたら、ぜひ綺麗な紙に書かせてください。そうだ――』

私は部屋の外で待機しているスタッフに、書道ができそうな紙と筆がないかを尋ねる。スタッフは色紙に筆、それから小皿に墨汁を入れて持ってきてくれた。

『私の特技、見てくださいますか？』

『まぁ！　私の名前を書いてくださるの!?　嬉しいわ！』

テーブルに色紙を置き、右側に筆置きと墨汁の入った小皿を置く。

すうっと息を吸い込み気持ちを整えると、〝美　愛　花〟と一文字一文字丁寧にしたためた。

『素晴らしいわ……！』

ビアンカ夫人はすっかり顔色をよくして、無邪気にはしゃいでいる。

そこへ扉をノックする音が響いてきた。

夫人が『どうぞ』と声をかけると、壮齢のドイツ人男性が部屋に入ってきて『Mutti!《母さん》』と声をかけた。彼のうしろに薫くんもいる。

この男性の顔は忘れもしない、先ほど緊張ばくばくでご挨拶をした主賓のひとり、デニス・アウラー議員だ。

ビアンカ夫人ってアウラー議員のお母様だったの⁉

私は今さら蒼白になって薫くんに目で訴える。彼も「俺も驚いている」という顔で肩を竦めた。

『具合が悪くなったと聞いたよ。大丈夫？』

『もうよくなったわ。それよりも見て！』

夫人が私の肩を抱き、テーブルの上に置かれている色紙を指し示す。

『彼女Shodoの先生なんですって。私の名前を書いてくださったの！』

議員が感嘆の声を漏らし、薫くんが「なるほど」と腕を組んだ。議員は色紙の前に立ち、書をよく眺めながら懐かしそうに目を細める。

『これは僕が子どもの頃、リビングに飾られていたものに似ているね。確か僕がボールをぶつけて破いてしまったんだっけ。とても怒られたことを覚えているよ』

『そうよ。宝物を破かれてとても悲しかった。でももう許してあげる。今度からはこれを飾るわ』

ご婦人が満面の笑みを浮かべる。議員はつられるように笑って、私の手を取った。

『ありがとう、茉莉夫人。母によくしてくれて』

私はこくりと頷いて『喜んでもらえてよかった』と彼の手を握り返す。

『彼女にお礼がしたいの。ねぇデニス、何かないかしら?』

ビアンカ夫人の言葉に、議員は顎に手を添えて考え始める。

『近いうちにまた来日して、夫人にお礼をお届けしよう。それから、彼にも朗報を用意させてもらう。先ほど、いろいろと相談させてもらったからね』

そう言って薫くんに目配せする。きっと外交上のいい返事がもらえるということだろう。

薫くんは『ありがとうございます』と謝辞を伝え、議員と握手を交わした。

すっかり元気になったビアンカ夫人は、アウラー議員とともにパーティー会場へと戻っていった。

私たちは会場の隅からそっとふたりを見守る。薫くんが私の腕をこつんと肘で小突き「お手柄だ」と笑みを浮かべた。

「本当はアウラー議員の奥様がパーティーに出席する予定だったらしい。だが今朝になって体調を崩されて、急遽一緒に来日していたビアンカ夫人が同伴することになったそうだ」

名簿の更新が遅れていて、一部の人間にしか情報が伝わっていなかったらしい。それで私も薫くんもビアンカ夫人の存在を知らなかったのだ。

「お役に立てて本当によかった」

「ああ。茉莉のおかげでいい方向に進んだ。ありがとう」

きっと家ならキスされていただろう、そんな熱っぽい目で薫くんは私を見つめる。

私たちがホッと息をついていると「葉山崎くん」と背後から声をかけられた。

振り向くとそこには、会場に入って最初に挨拶をした薫くんの上司、正親課長が立っていて、「やぁ」なんて軽い調子で手を掲げた。

あまり官僚感のない、穏やかそうな人だ。ポジションを考えればそこそこの歳であるはずなのに、見た目は薫くんとそう変わらないように見える。年齢不詳というか、少々謎めいた人である。

「聞いたよ、お手柄だったんだって？　奥様も本当にありがとう」

もう議員との一件が伝わったようだ、正親課長は私へパチリとウインクしてくる。

「アウラー議員はドイツの外務大臣の遠縁でね。彼に口利きしてもらえるとなれば、今回の外交は成功したも同然だよ」

私は「お役に立てて何よりです」と頭を下げる。薫くんはすっかり調子に乗って

「私の妻はなかなかでしょう」とドヤ顔だ。

「本当に驚いたよ。さすがは幡名さんの娘さん、といったところかな」

正親課長が漏らしたひと言に、私はぴくりと反応する。

幡名さん――私の父を知っているのだろうか。

答え合わせでもするかのように、正親課長が口を開く。

「あなたのお父さんは有名な人だからね。もちろん、いい意味で。真面目で実直で外交官の鑑のような人だよ」

突然父を褒められて、驚きとともに胸が熱くなった。もう会わなくなって随分と経つけれど、それでも父がよく思われるのはなんだかすごく嬉しい。

「ありがとうございます……」

半ば呆然としながら頭を下げた。父の子であることがこんなに誇らしく思えたのはいつぶりだろう。体がふわふわと宙に浮いているかのような不思議な気分だ。

「葉山崎くんは素敵な奥様を見つけたね」

正親課長が薫くんの肩をぽんと叩いて去っていく。

私が薫くんを見上げると、彼もこちらを見て困ったように首を傾げた。

「思いっきり茉莉の頭を撫でてやりたい気分だ」

私は苦笑しながら「ありがとう」と彼の腕に寄り添った。

そろそろパーティーも終わりの時間だ。熱気冷めやらぬ会場を、私は穏やかな気持ちで見つめていた。


「まだ仕事が残っているんだ。すまないが、茉莉は先に帰っていてくれないか」

薫くんに促され、私は会場を出た。タクシーまで送ってくれると言うので「少しだけ待っていて」と化粧室に向かう。

今日は本当にいろいろな出来事があって、達成感もあるけれど疲労感もすごい。

パウダールームの大きな姿見で帯が崩れていないことを確認し、エントランスで待つ薫くんのもとに戻る。

先ほど別れた場所に彼がおらず、きょろきょろと辺りを見回すと、脇の通路で誰かと立ち話をしているのが見えた。

近寄ってみてぎょっとする。

薫くんと話をしているうしろ姿の男性は間違いない——父だった。

「ご無沙汰しております。まさかこんなところでお父様にお会いできるとは思いませんでした」

咄嗟に近くの柱の陰に隠れ、ふたりの話し声に耳を澄ませる。

「今日は職務ですか？　それとも茉莉さんの外交デビューを見守りに？」

薫くんは尋ねるけれど、答えは返ってこない。ややあって、父はぽつりぽつりと語り出した。

「君との結婚は、正直に言って反対だった。夫が外交官では、茉莉は幸せになれないと思っていた。私のときのように」

私は柱の陰からちらりと通路の奥を覗き込む。うつむきがちな父の、思い詰めたような背中が見えた。

「――だが、君の隣にいる娘を見て、私のよく知る茉莉とはもう違うのだと思い知った。守らなければ生きていけない子どもじゃない。立派な大人で、一人前の女性になったのだと思い知らされた」

父は今日一日私を見守っていたのだろうか。そして、一人前に成長したと認めてくれたの……？

まだ私のことを娘だと思ってくれていたことに、じわりと胸が熱くなり両手を握った。薫くんも黙って父の話に耳を傾けている。

「私は至らない親だった。久しぶりに娘と顔を合わせても、何から話せばいいのかわからず黙り込んでしまうような情けない父親だ。せめて金だけは不自由させまいと援助を願い出たが、それすら断られてしまった」

離婚後、父と久しぶりに顔を合わせたあの日。無言で金を差し出された真相を聞かされ、ぎゅっと胸が締めつけられた。

……喋らなかったんじゃなくて、喋れなかったの？

金で解決しようとしているのだと、軽蔑してしまったけれど。

もしかしたら、あれが父の精一杯の誠意だったのかもしれない。

「ろくに家に帰らなかったのだから、親だと認めてもらえなくて当然なのだが」

ぽつりと呟いた父の言葉に、私は違うと首を横に振る。

認めていなかったわけじゃない。不安だっただけだ。

離婚はしても娘のことはまだ愛しているのだと、父の口から聞きたかった。

「だからせめて、これまで私が迷惑をかけてしまった分、茉莉には幸せになってほしい。私の分まで君に重荷を背負わせてしまって申し訳ないと思っている。だが、私にはできないことなんだ」

父が薫くんに向かって、深く頭を下げた。

「頼む。娘を幸せにしてやってくれ」

それは、『愛している』という言葉以上に、私への愛情を表していた。

どうして私は父を疑ったりしたのだろう。

信じてもっとよく耳を傾ければ、気づくことができたのに。

私は薫くんのときと同じことを父にしていたのかもしれない。

愛しているがゆえに傷つくのが怖くなり、大切な人を遠ざける——そんな愚かな自分が恥ずかしくなって、私は一歩を踏み出した。

「お父さん」

父が慌てた顔でこちらに振り向く。

「茉莉……」

再会したあの日と同様に黙り込んでしまった父に向かって、私は声を絞り出した。

薫くんに想いをぶつけたときのように、その先に素敵な未来が待っていると信じて勇気を振り絞る。

「私は、お父さんを尊敬してる」

私の言葉に、父は愕然と目を見開く。

「一生懸命働くお父さんが好き。でも、私より仕事の方が好きなんだと思うと悔しかった。ただひと言、『愛してる』って言ってほしかった」

瞳から涙がぼろりとこぼれ落ちてきて、同時に自分が情けなくて笑ってしまった。仕事に嫉妬していじけていたなんて、まるで子どものようだ。

父は「すまない」と言ってうつむいた。しばらくして顔を上げた父は、心なしか目が充血しているように見えた。

「仕事より大事に決まっている。私が不器用で両方を守ることができなかったんだ」

父の拳にきゅっと力がこもる。その大きな手で頭を撫でてもらったのはいつの頃だっただろうと、ぼんやりと考える。

あの頃は父を疑うことなんてしなかった。変わってしまったのはきっと私の方だ。

「仕事を優先してしまうなんて、愚かにもほどがあるな。だがあの頃の私は、それがお前たちのためになるのだと信じていた」

知っていたはずだ。父が一生懸命に働いていたのは、延いては私たちのためだったということを。よくわかっていたはずなのに。

「間違っていた。すまない。ずっと愛してるよ」

やっと聞けた『愛してる』という言葉に、胸の奥でつかえていたものが取れた気がした。心が軽くなると同時に、涙が溢れて止まらなくなる。

「ごめんなさい」

謝らなければならないのは私の方だ。ずっと愛情を注がれ、ここまで育ててもらったというのに。

父の胸に飛び込むと、父は私をぎゅっと包み込んでくれた。

こうしてわかりやすく抱きしめてもらわなければ愛情を確認できないなんて、私は本当に子どもだった。

「結婚おめでとう」

父がくれた祝福の言葉は、誰からもらった『おめでとう』よりも嬉しい。

「ありがとう」

そう答えて、父の腕の中で目を閉じた。薫くんが抱きしめてくれるときとはまた違った安らぎがそこにはあった。


レセプションパーティーから一カ月後。私はとうとう葉山崎家に招かれた。

結婚の挨拶もしないうちに籍を入れてしまって、ずっと気がかりだったのだ。

薫くんからは大丈夫だ、問題ないと調子のいいことを言われていたけれど、心のどこかで私は葉山崎家の嫁として認められていないんじゃないかと不安だった。

ようやくご両親に会えると聞いてホッとしている。

初めて足を運んだ葉山崎家は、聞きしに勝る豪邸だった。

まるで貴族の館にタイムスリップしたかのような見事な洋風建築。いや、この場合は華族の館だろうか。純洋風とは違ってどことなく日本らしさも感じる。

客間には大テーブルがあり、そこで私は昼食をご馳走になった。葉山崎家お抱えのシェフが作る最上級のフレンチだ。

「ご挨拶が遅れてごめんなさいね。お父さんが忙しい忙しいってワガママを言うものだから」

薫くんのお母様は、お姉さんと呼んでも違和感がないくらい若々しくて、とても愛くるしい人だった。

くるくると巻いた黒髪に艶々の肌、皺もほとんどなくて、この人から薫くんが生まれたんだと思うと妙に納得できた。

「本当に申し訳なかった。今日はゆっくりしていきなさい」

お父様は薫くんがそのままお年を召したような、凛々しくて頼もしい美丈夫だ。すごくモテそう。薫くんから『父は少々女癖が……』という事前情報をもらっていたから余計にそう思うのかもしれない……。

「レセプションでの一件も聞いた。茉莉さん、お手柄だったそうじゃないか」

アウラー議員のお母様をもてなした件だろう。あの一件は効果絶大で、その日のうちに話が広まり、外務省の方々の私を見る目も変わったそうだ。ビアンカ夫人とはお手紙のやり取りをしていて、薫くんとアウラー議員の関係も良好らしい。

「正直、一般人に外交官の嫁が務まるのか心配だったんだが、取り越し苦労だったようだ」

お義父様の言葉に、お義母様がクスクス笑う。

「心配していたのはお父さんだけよ。薫が選んだお嫁さんですもの、私は信じていたわ。どうせ家柄がどうとか、下世話なことを考えていたのでしょう？」

お義父様がシャンパンを飲み込み損ね、ゲフッとむせる。それを見ていた薫くんが小さくため息をついた。

「茉莉を認めてもらえるのは嬉しいが、あの一件だけで手のひらを返されるのは複雑な気分だ」

「あの一件だけではないさ」

お義父様はナプキンで口元を拭いながら言い添える。

「一般人は海外の要人と聞くだけで萎縮して喋れなくなってしまうものだよ。その点、茉莉さんは終始堂々としていたそうじゃないか。肝の据わった立派な女性だと聞いているよ」

私は「ありがとうございます」と頭を下げた。あの日はかなり緊張していたのだが、外交官の嫁としてきちんと振る舞えていたようで、ひとまずホッとする。

「家柄については、まぁ、もったいないとは今でも思っているが――」

お義父様が目線をちらりと薫くんに向けた。

「それに足るだけの人脈を、薫が自力で作ってくれるのだろう？」

「もちろんだ」

薫くんは当然とでも言うように悠然とシャンパンを口に運ぶ。

父子の様子を見て、お義母様がふふふと上品に笑った。

「茉莉さん、もし薫に浮気をされたら言ってね。ふたりでお仕置きしましょ」

突然物騒な話を切り出され、私は「え」と硬直する。同じく薫くんとお義父様も凍り付いていた。

「……まさか父さん。バレたのか？」

サッと目を逸らすお義父様。お義母様は「私に隠し通せると思って？」と笑っているのだが……目が怖い。

「男ってどうしてこうなのかしらね。次に浮気をしたら、ふたりで因果応報をその身にしらしめてやりましょうね」

どこかウキウキした口調でお義母様が私に囁く。薫くんが「俺は浮気なんてしない」と心外そうに呟いた。

お義父様は早く話題を変えたいらしい、早口で切り出した。

「あるかないかわからないことを考える前に、まずは結婚式だろう。周囲にお披露目をしなければ」

「そうね。妊娠したらドレスが着られなくなってしまうかもしれないし」

お義母様の言葉に、薫くんは「気が早いよ。それより――」と話を逸らす。

私に子どもを産む気がないと思っているのだろう。以前、婚前契約書にも子どもは産まないと盛り込んだ。

ただ、その契約書も破棄され、私たちの関係もあの頃とは変化した。

私は薫くんの言葉を遮るように口を開く。

「子どもは、もう少し落ち着いてから考えようと思っています。ふたりの仕事のこともありますし。でも――」

すぐに決断できるようなことではないけれど、前向きに考えていきたい。

そう思えるようになったのは、全部薫くんのおかげだ。彼の夫としての誠実さを身をもって感じられたから。

「いつか産めるといいなぁと私は思っているけれど……薫くんはどう？」

薫くんが驚いたような顔をした。これが本心か、両親の前で取り繕っているだけか判断しかねているようだったが——。

「ああ。もちろん」

表情を和らげて肯定する。ご両親はどこか安心したように顔を見合わせ、にっこりと笑った。

「薫をよろしく頼む」

「はい！」

お義父様の言葉に私はすっと背筋を伸ばす。

和やかな会食が終わり、私は名実ともに葉山崎家の嫁として迎え入れられた。

ご両親との会食が無事に済み、私と薫くんは自宅に戻った。

久しぶりに高いヒールのパンプスを履いたので足がくたくただ。

レセプションパーティーの日は和服に草履だったから、それはそれで歩きにくかったりもしたけれど、細いヒールはバランスが悪く、階段を踏み外したり何気ない道端の溝にはまったりするから苦手だ。

玄関でパンプスを脱ぎ、地面にベタッと足が着くとホッとした。

「なぁ、茉莉。さっき言ってたのって」

リビングに着いた途端、見計らったかのように薫くんが切り出した。私はソファに荷物と上着を置きながら「さっき?」と聞き返す。

「子どものこと。昔はほしくないって言ってただろう?」

「ああ」

当然のように薫くんは私を抱き、腰に手を回す。さっきまでご両親の前できちんとした態度を取っていたから、イチャつき足りないのだろう。

「婚前契約書は破棄したから、子どもを産まない契約はなくなったわよね」

「契約以前に、茉莉の気持ちの問題だ」

「私が産みたくないと言ったのは、結婚が怖かったからで――」

だが、その恐怖は薫くんが消し去ってくれた。気がかりなことはもう何もない。

「今は、薫くんとなら子どもを産んでもいいって思ってるわ」

「茉莉……」

薫くんが私の唇にちゅっと口づけを落とす。ちゅ、ちゅっと、頬やこめかみ、鼻の頭にまでキスを落としていき、いつの間にか私はソファに転がされていた。

「薫くん。気が早い……！」

「一緒にシャワーを浴びようか」

「それはダメ……！　絶対ダメよ、恥ずかしいから――」

勢いよく拒むと、急に薫くんが艶めいた目をして究極の質問を投げかけてきた。

「なら、このままベッドへ行くのと、ふたりでシャワーを浴びてベッドへ行くの、どっちがいいんだ？」

ひとりずつシャワーを浴びるという選択肢はないのだろうか。そもそもまだベッドへ行くような時間でもないのに。

「他の選択肢はない？」

「ない。煽ったのは茉莉だから――」

話が終わる前に深いキスを施され、ああもう彼は待ちきれなくてダメなのだなと悟る。昔はあんなに理性的だったのに、どうしてこうなってしまったのか。男はタガが外れると大変なのかしらとどこか他人事のように考える。

「私、今すぐ子どもがほしいって言ったわけじゃ――」

「違う。煽ったのはそこじゃない。その前」

私の体を抱き上げてバスルームに直行しながら、薫くんが丁寧に解説をくれる。

「『俺となら』ってところ。茉莉の愛を感じた」

「そりゃあ愛はあるけどっ、ちょっと直情的すぎじゃない⁉」

恥じらい必死に体を隠そうとする私を無視して、薫くんが服を一枚一枚脱がせていく。その焦れったい様も楽しんでいるようで、彼の瞳は熱っぽく生き生きとしていた。

まったくもう。

「あの、大丈夫！　私、自分でできるしっ……」

私の体を洗おうとする彼を制し、背中を向けるけれど。

「遠慮するな。茉莉はお姫様みたいにそこに座っているだけでいい」

そう言って私をバスチェアに座らせると、それこそ頭のてっぺんから足の先までかいがいしく洗ってくれた。ついでに官能的なオプション付きで。

熱いシャワーと熱烈な愛撫でヘロヘロになった私は、そのままベッドへ連行され、さらに深い愛情表現を見せつけられることに。

「薫くん……もうダメ……！」

「そうか？　茉莉の体は俺に飢えてるって言ってるけど」

「っ、勝手にそんなこと、言わせないで……！」

実際、本気で抗う気にならないのは、彼を渇望しているせいかもしれない。

唇で触れられるたびに体が痺れて動けなくなる。彼の指先に悦楽を与えられ、自分を見失っていく。

それでも、何をされても好きで好きでたまらない。

飽きることも懲りることもないのだから、彼の言う通り、私は薫くんの愛情に飢えているのだろう。

強欲なのは薫くんか、あるいは私の方か。

私たち夫婦が将来を不安視する必要がないほどとびきり愛し合っていることは疑いようがない。

エピローグ

入籍から一年。平日の夜、いつも通り夕食を作り彼の帰りを待つ。

彼の帰宅時間は相変わらずまちまちではあるけれど、今日は順調に勤務が終わったようで、先ほど【あと三十分で帰る】というメッセージが携帯端末に届いた。

しばらくすると玄関で扉の開く音がして、彼が「ただいま」とリビングに顔を覗かせた。

「おかえり」

私を見つめ頬を緩めると「着替えてくる」と自室に向かう。

ラフな格好で部屋から出てきた彼は「いい匂いがする」と言ってキッチンを覗き込んだ。

「和食か。今日の夕食もおいしそうだ」

「ゆっくりしてて、すぐにできるから」

私は準備を整え、ダイニングテーブルに料理を運んだ。今日のメニューはさわらの生姜焼きに枝豆ご飯、根菜の白和えに茄子と油揚げのお味噌汁だ。

苦手意識の強かったお料理だけど、いろいろな食材を組み合わせて遊ぶことを覚えたら楽しくなった。調理も手早くなり、レパートリーも増えた。

結婚をしなければ、きっと下手なままだっただろう。食べてくれる人がいると変わるのだなと自分でも驚いている。

「茉莉の料理の腕は本当に上達したよな」

ダイニングテーブルに着きながら、彼もこの変化に目を見張る。

「焼き加減は薫くんが教えてくれたものね」

「もう俺よりも上手だよ」

本当に負けず嫌いだなと、箸を持ちながら彼は苦笑する。

「料理だけじゃない。英語やドイツ語も。それから着付けや茶道、華道も勉強してくれているんだろう？」

「勉強ってほどじゃないのよ？　昔やっていたことを復習しているだけだし」

茶道や華道は子どもの頃に習っていたから、おさらいに近い。

ドイツ語はもう少し修業が必要だろう。でものんびり楽しみながらやっている。

「日本の伝統文化を海外に伝えていくのが、薫くんの妻の努めであり、書道家としての私の役割でもあるわ」

そう考えるようになったのは、ビアンカ夫人が私の書を喜んでくれたから。

もっとたくさんの人に日本の文化を伝えたい、そう思った。

それで薫くんが喜んでくれるならば、なおのこと嬉しい。

「いい妻すぎるよ、茉莉。もっと力を抜いてくれていい」

「楽しんでやってるから大丈夫。趣味みたいなものよ」

学ぶのは好きな方だし、そこまで苦にはならない。もちろん本業の書道が疎かにならないように少しずつではあるけれど。

薫くんの理想の妻に近づいているのだと思うと、やる気が湧いてくる。

「あ、そうだ。結婚式のことなんだけどね、相談したいことがあって——」

三カ月後には結婚式が控えている。

味噌汁を口に運びつつ、話を切り出そうとすると。

「うっ——」

突然吐き気が込み上げてきて、慌ててお椀を置いた。

口元を押さえ立ち上がり、咄嗟にキッチンの流し場に飛んでいく。シンクに向かってケホケホと咳き込んだ。

「どうした茉莉……?」

薫くんが慌てて箸を置き、私を追いかけてくる。

「ごめ……ちょっと気分が――」

最近、胃の調子が悪いみたいで、たまに吐き気に襲われる。熱もないし、怠さもないから、風邪というわけではないようなのだけれど。

「体調が悪いのか？」

「胃が弱ってるみたい。食べ物を見ると気持ち悪くなるときがあって――あ、でもたまにだから大丈夫！」

心配させまいと慌ててまくし立てると、薫くんは何かに気づいたようで、目を大きく見開いた。

「……茉莉。生理は来てるか？」

「へ……？」

そういえば、最近来ていないような。

先月はあったっけ？　いや、覚えがない。じゃあ、その前は……？

こんな大事なことに思い至らなかった自分に愕然とする。

日数を指折り数え始めた私を見て、薫くんが苦笑した。

「結婚式のドレスは直しが必要かもな」

そうかもしれない……と頬をかく。あと三カ月でどれくらいお腹が大きくなるだろう。ざっくり数えて、安定期には入っていそうだ。

「茉莉。もしも妊娠していたら俺は嬉しいよ」

「……ありがと」

私も嬉しい。ふたりの間にできた愛の結晶だもの。大切に育まなければ。って、まだ検査もしていないのにこんなことを考えるのは早いかしら？

でも、気が急いているのは私だけではないようで——。

「名前は何にしようか？」

薫くんはすでに子どもの名前を考え始めたらしく、顎に手を添えて唸っている。

「まだ性別もわからないのに！」

クスクスと笑い合って、希望に満ちた未来をふたりで見つめた。

結婚が怖かったあの頃が嘘みたいだ。

彼となら、最高に幸せな家族が作れるような気がした。

END

あとがき

こんにちは、伊月《いづき》ジュイです。『エリート外交官の狡猾な求婚～仮面夫婦のはずが、予想外の激情で堕とされました～』をお手に取っていただき、ありがとうございます。

本作では、とにかく押して押して押しまくるヒーロー・薫と、頑なに関係を拒む鈍感ヒロイン・茉莉との追いかけっこを描かせていただきました。

薫は出だしから一〇〇パーセント溺愛。茉莉に警戒されないように、気持ちをひた隠してはいるものの、じわじわと愛がだだ漏れていくので、その過程を楽しんでもらえたら嬉しいです。

茉莉は茉莉で、最初から薫のことを『大切な人』『支えてくれた人』と語っているくせに恋心を認めまいと必死に拒んでいて、きっとみなさまは「いやいや好きでしょ」と突っ込みながら読んでくださったのではないかと思います。

長い時間をかけて薫は茉莉の心を解きほぐしていきますので、ふたりが結ばれる瞬間まで焦れつつ見守ってやっていただけると幸いです。

茉莉は習字の先生をしていますが、私も小中学生の頃は習字教室に通っていました。

今でも字を書くときは、先生に教わった文字のバランスを思い出しながら書いています。

ただ、字は一概に綺麗だからいいというものではなく。作品内でも語りましたが、字の癖もその人を表す大切な個性なのではないかと思います。

体の大きな強面男性が丸くてかわいい字を書いていて、ギャップにキュンときたことがあります。意外にかわいらしい一面をお持ちの方だったのかもしれません。

字がその人の内面を表しているのだと考えると、また楽しさが広がります。みなさまはどんな字を書かれますか？

最後になりましたが、出版にあたりお世話になった担当編集様、ハーパーコリンズ・ジャパンの皆様、本当にありがとうございました。

表紙を描いてくださったのはカトーナオ様。私がイメージしていた通りの格好いい薫に出会えて感動しました。素敵なふたりをどうもありがとうございます。

そして、この本をお手に取ってくださったみなさまに感謝を。

次はどんなふたりを書こうかと、わくわくしながら考えているところです。

またみなさまにときめきをお届けできたらいいなと祈っております。

伊月ジュイ

マーマレード文庫

エリート外交官の狡猾な求婚
～仮面夫婦のはずが、予想外の激情で堕とされました～

2022年4月15日　第1刷発行　定価はカバーに表示してあります

著者　伊月ジュイ　©JUI IZUKI 2022
編集　株式会社エースクリエイター
発行人　鈴木幸辰
発行所　株式会社ハーパーコリンズ・ジャパン
東京都千代田区大手町1-5-1
電話　03-6269-2883（営業）
0570-008091（読者サービス係）
印刷・製本　中央精版印刷株式会社

Printed in Japan ©K.K. HarperCollins Japan 2022
ISBN-978-4-596-42838-7

m a r m a l a d e b u n k o